# NA TERRA DOS HOMENS
contos ditos a um deus surdo

MARLENE FERRAZ

# NA TERRA DOS HOMENS
contos ditos a um deus surdo

ALMEDINA

# NA TERRA DOS HOMENS
contos ditos a um deus surdo

AUTORA
MARLENE FERRAZ

EDITOR
EDIÇÕES ALMEDINA, SA
Avenida Fernão Magalhães, n.º 584, 5.º Andar
3000-174 Coimbra
Tel.: 239 851 904
Fax: 239 851 901
www.almedina.net
editora@almedina.net

PRÉ-IMPRESSÃO • IMPRESSÃO • ACABAMENTO
G.C. – GRÁFICA DE COIMBRA, LDA.
PALHEIRA – ASSAFARGE
3001-453 COIMBRA
producao@graficadecoimbra.pt

Junho, 2009

DEPÓSITO LEGAL
296151/09

Os dados e as opiniões inseridos na presente publicação
são da exclusiva responsabilidade do(s) seu(s) autor(es).

Toda a reprodução desta obra, por fotocópia ou outro qualquer processo,
sem prévia autorização escrita do Editor,
é ilícita e passível de procedimento judicial contra o infractor.

---

*Biblioteca Nacional de Portugal – Catalogação na Publicação*

FERRAZ, Marlene

Na terra dos homens. – (Autores
contemporâneos)
ISBN 978-972-40-3863-6

CDU 821.134.3-34"20"

## mensagem

A todas as árvores que se levantam ao mundo, nuas de vaidade. Essas trepadeiras de vontade, veios e líquidos que louvam o céu. Na terra dos homens, as árvores dizem tanto. E encobrem também.

# índice

| | |
|---|---|
| nota introdutória | 9 |
| maria salgado | 11 |
| o credo de eva evangelista | 21 |
| o riso de deus | 39 |
| na terra dos homens | 69 |
| o homem imperfeito | 97 |
| a mulher do diabo | 119 |
| o iluminado | 143 |
| o último beijo | 171 |

# NOTA INTRODUTÓRIA

Desde 1984, a Câmara Municipal de Coimbra concede o Prémio Literário Miguel Torga/Cidade de Coimbra, galardão destinado a premiar um autor português, ou de país de língua oficial portuguesa, da melhor obra do género de ficção narrativa, nas categorias de romance, novela e conto, visando estimular a criação literária e, em especial, o aparecimento de novos autores.

O último prémio ocorreu em 2008 e distinguiu, por unanimidade do júri composto por quatro elementos, o livro *"Na Terra dos Homens"*, da autoria de Marlene Ferraz.

A decisão do júri sustenta-se na qualidade literária de um conjunto de narrativas sobre mulheres, que incarnam vivências do quotidiano, reveladoras de manifesta sensibilidade poética e de uma clara preocupação social. Na diversidade das histórias contadas e que preenchem o conteúdo da obra premiada, desenha-se uma mesma ternura, um expressivo encanto e uma filosofia de vida dominada por um registo emotivo.

Narrativas que revelam uma maturidade literária consistente na unidade formal, agradáveis na leitura e expressivas no desenvolvimento do tema, consubstanciando um pendor social que abraça e alastra reflexão, mantendo, no contexto geral da escrita, a mesma doçura e a pronunciada emoção da mensagem, que está envolta e se perfila nas histórias ditas no silêncio.

*Mário Nunes*

Presidente do Júri
Vereador da Cultura
Câmara Municipal de Coimbra

# MARIA SALGADO

Dizem cidade do amor imperfeito, com fragrância a rosas bravas aparecidas em colo de mulher madura. Também santa, que os ares corridos trazem puridade. Aqui, descansa o criador do condado. E deus vigia, no alto da torre. Para pecados, nos livre o diabo. Que aqui não mora, só espreita. Terra de reis e ditadores, discípulos e fadistas. Pescadores e salineiros, mais além. Depois da cova das figueiras, onde o mar se acalma e a pátria obedece. Coimbra não tem preconceito, único e inteiro coração. Perfeito, em peito virtuoso e dois palmos acima dum ventre abundante. Espolinado a fios de prata, que dele vem a humanidade.

Criança grelada na varanda dum bairro em flor, Maria tem dez dedos nas mãos. Acena às mulheres de seios sumarentos pousados na beirada da janela, com roupa estendida sem arranjo numa concertina de trapos pitorescos. Branqueados em punhos de lavadeiras, lábios contadores de amor no baixo Mondego. Molhados de frescura. E vontade. Pingos aguados que lavam o chão e os pés de Maria calcam. E fazem entender-se do mundo. Corre ao encontro dos braços magros de José Salgado, que dá nome à linhagem. É pai por tanto do corpo, farpela cansada. A vida tem calvários, como a fazenda se desfaz à traça. O prometido veio escrito com erros de ortografia. O mais adiante, bordado a fio escangalhado. Na vaidade de homem simples, pede licença nas horas do ofertório aos santos. Desocupa-se de altares e juramentos, costas viradas ao sacristão. É assim na sua fé.

*Pessoa santa conta as dez unhas que tem nas mãos e esgravata a terra. Assim se faz o mundo.*

Fala a gente, que devia ser homem de mais oração. *Outros mais precisam, na graça do senhor. Haja saúde. E crianças. Que delas é o reino dos céus.*

Ámen.

Pelas ruas muradas por buganvílias carmesim, a camisa dum pano fino é fardo em corpo burro. Da pele fervida se escoa a alma num alguidar de líquidos sujos. José Salgado é aguadeiro cumpridor, cantadeiro da arte pelas ruelas mais estreitas do bairro. Os homens de cinto fazem ver-se na ombreira nas tabernas, outras mulheres se curvam nas floreiras com o peito desco-berto. As crianças riem com os pés surrados na poeira, levam os cães coçados pelo bicho numa corda. Aos velhos entranha-se a perfeição duma tigela de água fresca. Lambem os lábios com a vontade dum rapaz. Se o tempo quiser, adiante vai o negócio. Não estale o céu em chuveiradas e negrumes. A sede é prima da sau-dade. Só vem quando já falta.

*Por este andar, não vale a costumeira. A agonia da alma pesa no corpo.*

Quando pode, ainda se achega nas salinas. Perto da boca do mar, onde se acaba o princípio ou começa o fim. É aqui que tempera a desgosto, peneira as areias do desvelo. Em casa outras bocas se desatam, lacrimejam por lazeira na língua. Os dentes mordem o ar, os devaneios o coração. Maria acompanha, tem dias. Na cara, o mesmo sorriso menino. O pai aflige-se. Desenleia os fios da vida, nós desfeitos na anterioridade.

*O destino tem escondido de ti a ruindade. Mas virá o seu tempo. Virá o seu tempo.*

Os cabelos dela sabem a sal, ele beija com apego. A luz dum alaranjado morto diz das horas já levadas. O homem adianta-se, calças em cotim arregaçado e pés nus criados no rio. Raízes com sorvedouro, caldeio de mar é lugar de conquista. E ausência. Que muito se terá chorado nesta margem, que vai pela mata do choupal e torna aos íntimos da sé velha. Conta-se que das lágrimas despejadas vem o sal. Do sal, o condimento da vida. Maria tem vaidade nos ofícios do pai. Acomoda o corpo ao comboio, no regaço do ventre que a pariu. Não é luxo de todo o dia, mas tem vezes que o revisor fecha os olhos. E a algibeira, pela hora da santíssima trindade. A mãe tem olhar distante. No assento de madeira imperfeita, faz contas aos dedos. Também dez as unhas.

*Por este andar, não vale a costumeira. A agonia da alma pesa no corpo.*

Graciosa Benta é varina, mulher empolada na atadura das redes e lendas e no preto do mulherio viúvo.

Veio José Salgado por querença de anilha, que rapariga solteira ou tem defeito ou mandrieira. De canastra na anca, remata o peixe espalmado no cais. Fica o pudor atado nos calcanhares, arrastados por terra enquanto apregoa sem guelra na garganta. Maria dependurada nas saias rodadas da mãe, pernas de mulher convivida. Graciosa sabe já o que é a vida. Benze-se diante da santa de caco, a criança também.

*Que o pouco com deus é muito e o muito sem deus é nada.*

Sobem a rua do mosteiro, Maria aponta a estátua do escrevinhador e cantarola sem peleiro na língua. Da vendedeira, rebuçados. Do polidor de navalhas, um beijo.

*Que a pequena tem voz comprida. Com timbre e intimidade. Ainda criança, tem já no rosto a saudade. Vai ser cantadeira, Graciosa. Cantadeira, que o peito assim o diz.*

Já o havia dito a José Salgado, ao mirrar a barbela fina com a navalha bem polida. Tanto ou menos do que a língua, que Gabriel Penteado é pessoa de prosas e versos.

*Cantaria é ofício de pássaro ou mulher vadia.*

Quer rumo mais certeiro para o fruto, vestidos tão leves duma seda vaporosa e brio casamenteiro. Encurva os braços magros, asas estreitas mas seguras. Qualquer criança pode nelas se abrigar da frialdade do inverno e da vida. Estudos, bem sabe. Rapazes com camisa fina e raparigas de preto. Maria rascunha já o próprio nome. O pai põe-se inebriado a contornar quantas linhas fazem o apelido, que José já sabe por tanto ver na estatueta do santo. Respira, sente a vaidade a entrar-lhe em casa. Mas a miséria também. Devagar. Com o mesmo cheiro tão doce. E falacioso. Virá leviana, sem consentimento. Nem cortesia. Já outros filhos tem levado. Um embarcado nas águas frias da nova terra, fala de friagem e desapego quando vem. Nas mãos, as frestas dum homem sem medos. No peito, a vontade dum menino por colo. Outra casada de cedo, vista cega por desejo na boca maior. Pesponta bainhas e casas de abotoamento para a alfaiataria do bairro, dedos furados e o coração também. Que o marido tem sangue desbotado, alma vendida. Ainda o que deus levou, em febres secas e devoradoras. E a pequena, tão imaginosa.

*Ave-maria, cheia de graça.*

O pai soma as virtudes, tira os apuros vindouros. Que quanto maior se pendura o sino, mais poeira faz quando cai.

*Maria, que és bendita, a vida é mais madrasta do que a chuva.*, avisa.

Que o mau tempo traz infortúnio ao homem aguadeiro. A criança destila o mesmo sorriso, aflora em corredura e cantaria pelas bordas do rio comprido. O escoar das águas lava a desesperança, desanuvia a ruindade no peito. Conta os pardais pelos dedos, num canto assobiado por anjos. Em murmurejo, diz aos peixes com ouvido afinado. O rio come-lhe as lágrimas. Também dela vem o sal dos homens.

*É filha do mar, José Salgado. Será poeta. Que tem o vai-vém das ondas na língua.*

Também o navegante Boca de Lobo tem pressentimento pela criança, abençoada e com sentir distinto. O pai agonia, que letreiros e assobios também pedem comer. Maria conhece o alfabeto por meio, já alinhava rimas e cantigas a mais de metade. Dos desamores da rainha morta. Do açaime da ditadura. Dos homens e mulheres de preto, com livros gastos e tacão. Boca de Lobo aplaude a pequena, conversa das legendas nos oceanos e terras com estranheza e divindade.

*Por esse mundo afora, bate o coração mais depressa.*

Ela fica embargada nos bocados de céu com gaivotas faladoras. Ouve as mentiras do velho marinheiro, acredita. No homem já morto, volta a correr o sangue nas veias. Promete viajada até à linha do horizonte, onde o mar e o céu se cruzam num fio só. A criança suspira. Que a vontade vive da utopia, a verdade do engano. Na barbearia, Gabriel Penteado norteia as primeiras cantorias. Os homens de cabelo aparado fazem cair as moedas nas curtas mãos de Maria. O patrão satisfaz-se, o gentio também. Que, na aleivosia ao provérbio antigo, voz de menino é pouco mas quem a perde é louco. Mestre Damasceno tem conhecimentos desse canto bem português, que parece ter sido esquecido pelos mouros na reconquista de Cristo. Ou vindo das entranhas dum povo atado pelos fios da miséria e saudade. Os mais enervados apregoam que a bíblia pode ser cantada em fado, que assim deus terá dito. O mestre desagua em risos e brumas. Escuta na grafonola os discos de vinil, rapazes de preto em serenata nas escadas da velha sé. Ou dedilhados de Paredes. O apuramento dos coros na capela dos mais humildes. Também mulheres com unhas, vindas da capital. Que naquela terra voz curvada é ainda mal vista. Maria da Fé. Ou Amália, que é nome de todo o mundo. As raparigas de latejo apressado, os velhos olheiros pela noite turva. E todo o choro vindo de dentro, homem, mulher. Pessoa, que é nome acertado. Mestre Damasceno fica na varanda de olhos postos no infinito, naquela linha em que o mundo se abraça com o imaginário. Maria encosta o corpo nas paredes da casa solitária e sente o estremecimento da cadência como um pouso leve. Absorve a tristeza do viúvo. Quase chora, também. Que criança tem alma, já. Leve ainda, por candura. Mas de entendimento sublime. E todo o bairro se embala naquele bafo de melodia. Por melancolia, que até o santo na igreja se comove.

*Que o amor não me engana com a sua brandura,*
*se da antiga chama mal vive a amargura,*
*duma mancha negra, duma pedra fria, que amor não se entrega na noite vazia?*

Mestre Damasceno gira a maçaneta da grande porta, tem sabido das vindas da criança. Maria enrubesce, pernas ao abandono num entorpecimento que anuncia correria. O velho curva o corpo redondo numa vénia, os olhos dela ficam maiores.

*Entra, garota. Tenho muito que contar.*

E contou. Sobre a viagem a Moçambique num vapor enferrujado, a mesma ferrugem da esperança. Da partida do cais de Lisboa, com pena e piedade. Sem lenços de linho nem beijos de adeus. O retorno a terras de reis e amores, o mesmo comboio com vagar e destino. E a cidade que fica pequena aos olhos, grande no coração. *Coimbra Bendita, tens alma aguada. Em beleza. E saudade.*

Maria passa os dedos pela caixa de som, o timbre confunde-se com o batimento no peito. Sopra as lombadas dos livros, levanta-se o pó das memórias. Fica arrepiada pela brisa fria que entra pelo varandim, encolhe-se aos contos ouvidos do rapaz tão velho. O atracadouro em terra estrangeira, com fragrância a flores doutro chão. Os líquidos claros revolvidos nas areias finas, as árvores floridas erguidas a deus. Os frutos madurados na mão, o vestido delicado de Madalena.

*Madalena.*

Corpo ligeiro e discreto no manto negro da criadagem, os olhos mais verdes cravados na pele beijada pelo sol. Moçambique já não era estrangeiro, virou casa sem retorno. Nem retornados. Terra de homens sem dono, mulheres de amor inteiro.

*Madalena. De pele beijada pelo sol.*

O primeiro amor. E último.

*Até que a morte venha.*

E veio.

*Que a vida é madrasta, garota. A morte é madrasta maior.*

Sem os braços dela, só Coimbra podia tomá-lo no regaço. Demorou um único dia a fazer a curta mala que os dez dedos vazios carregaram. Mar adiante até aos cais, onde a língua é uma. No corpo, só o fardo do coração. Peso a mais por agrura, atado num arame de saudade.

*Que te digo, garota? Que te digo?*

O velho senta-se na poltrona dum veludo verde seco, o disco de vinil acaba-se.

*Ri, garota. Ri. Que tens idade de anjo.*

O mestre enovela-se em memórias e velhices, a grafonola cala-se sem mando. A porta da rua bate, a noite encobre a cidade no seu xaile pardo. Maria vai com andamento adiantado, a vida não espera. Já sabe. O coração tanto dita, em letra miúda. Mas certeira. E a voz sai. A mãe leva as mãos ao alto, faz rezas em nome de Nosso Senhor. E santa Isabel, milagreira por tantas terras e gentes e mãe dum todo condado.

*Que a menina não tem tino, a menina não tem remédio.*

O pai enrodilha os dedos uns nos outros, na boca a língua salgada. Já Gabriel Penteado tinha acertado, na sua loucura de homem imaginário. E Boca do Lobo, farol nos mares mansos e crespos e contador preciso das muitas estrelas. Adivinha tempestade, ainda céu limpo. No mais privado, bem sabe. Maior tormento é num corpo impedido, caminho desbravado por pés vizinhos. Maria tem rumo resolvido, bússola divina sem norte nem ponteiros. Sem língua nem estrado, todo o corpo dela canta. Como nas árvores as flores rebentam. Ou dos úteros mais crianças se fazem. Toma a mulher pela mão, diante do santuário na cómoda. A noite está morna, um bafo tão doce que parece vindo do céu.

*Graciosa, aquilo que deus dá deve ser medrado. A chuva que nos arruína lava as almas arruinadas. A terra que nos come também dá o fruto.*

Maria ainda não veio. Nas casas populares do bairro, os aplausos servem de pavio nas velas alumiadas. Mulheres de vestido preto anunciam a rapariga, aos homens abrilhanta-se a vista. Maria Salgado virá desejada, alinhavo de artista bem polida. Levanta-se nos calcanhares ainda curtos, a saliva é tão doce agora. Palpita-lhe o peito por vontade cumprida. Da boca, o canto ameno. Assobio de amor e saudade. Maria dilui-se no sal do corpo, embalada num linguajar sem espera nem corrente. O momento é instante suspendido, tempo marcado por ponteiros calados. É certo, o silêncio. Tão certo. Porque se vai cantar o fado.

# O CREDO DE EVA EVANGELISTA

Eva. Eva Evangelista. Apelido de tanta virtude. Se soubesse dos letreiros no alfabeto, seria nome tão puro de ser escrito. Quase sagrado. Mas como qualquer outra coisa que não seja princípio, tem valimento curto. Dedo mindinho numa grande mão. Num mundo de contrários, ou se é santa. Ou puta. E Eva Evangelista deserdou santidade por imposição. Filha de milagreira transviada de terras hispânicas, feita mulher num pardieiro orvalhado com giestas e vergonhas nas vizindades da fronteira. Estrangeiro até para quem vem de perto.

*Maulugar.*

Território bravio, comido pelos olhos engolidores de misérias e ao embargo das muitas línguas tão azedadas por saliva da inveja. Gentio sem eco, entranhas de fel. Paridas as crianças, cortam o umbigo. Assim começa a ruindade, num golpe com simpleza e desapego. Num grito já sujo dos líquidos da verdade. Há quem conte sobre a mãe, palavras cuspidas com azedume. E asco. Falam dum homem. E doutros. Um deles terá composto a criatura desovada sem paradeiro. Apenas pouso. Como qualquer corpo de asas, que não querubim.

Ninguém sabe, mas sabe-se. A mãe de Eva recebe homens. Tantos. Fregueses abundam, partes íntimas que em casa não comem direito. Com proveito. Esposas desconjuntadas pelo fardo da vida ou úteros blindados ao amor sempre desfeito. O carteiro. O pai do carteiro. Até o jurista. Que compõe leis. E descompõe, consoante fluído ou vontade. Algumas na cama da mãe de Eva, depois de despejados os vapores húmidos do corpo. É assim no matadouro dos homens. Quem diz matadouro quer dizer lugar benzedor. Que no regaço da pega hispânica se fazem bons homens. Vindos. E idos. Tanto vêm. Como vão. Pagam por isso, essa alforria sem culpa nem perdão. A ordem natural das coisas, marés de desejo e abandono. Também o criador de Eva não veio mais. Depois de coito aliviado na leira da velha dos pés carcomidos, fez guarida na estalagem do nunca mais. De mais. Foi o tempo contado num linguajar estrangeiro.

*Un. Dos. Tres.*

Dias. Meses. Anos. O peito seco de tanto lambido, veio a rapariga de comprida lazeira. Dormida do leite azedo e enfartado, já a mãe espanhola encurtava os vestidos no umbral do casebre. Os homens aguavam no tanto dos seios, engoliam dos mamilos gretados como crias sem úbere. Outros viam-se incomodados, que a puta fedia a bezerra. Lábios pintados sem tanto aprumo, jasmim tirado do muro nos cabelos tingidos. Sovaco suado, que o vento sopra e areja. Canta. No berço inventado dum cesto com palmo e meio de altura, Eva sorri ao ver os contornos da mãe. Em altura, diante dum velho. A esmerilar varetas entorpecidas e contar mentiras aos ouvidos tão moucos. Quando já em pés próprios, Eva espreita pela cortina entre a cama estreita e o canto dos bacios e água-de-colónia. Depois de mãos maiores, lava os trapos com lantejoulas tão foscas da mãe apetecida. Com primor, estica a roupa no arame que vai do janelo ao arbusto. Ouve três batidas na porta com frestas e bicho. Bem sabe.

*É freguês.*

Num contentamento maior, admira as vaidades na mulher madurada nos braços dos homens. Sorri. Num quarto da hora, o homem solta os urros duma besta. Eva espera na eira tão curta, gatos magros e com remela alisam a pelugem parda. O tilintar das moedas. Será pessoa humilde, montanhês ou pescador. As velhas mastigam nas gengivas moles, apontam os dedos curvos.

*Veio já filha do pecado. Seja deus benevolente, que ninguém pede nascença.*

A mãe fala num castelhano acomodado. No corpo bem torneado, o mesmo vestido. Esbatido. Escorrido. De lantejoulas foscas. O posto só demanda despimento.

*Faz ouvido surdo, Eva. Que as bocas mais falam por estarem esvaziadas.*

Numa risada tão nítida, acerta os cabeleiros finos da rapariga.

*É caixilho de janela. Vaso em flor no parapeito, num ornamento perfeito que convida a entrar.*

Com as mãos, apalpa os seios ainda por madurar. Eva ruboresce. Também as ancas, estreitadas. A mãe pega na mão dela. Dançam no tabuado velho da casa, num acordo perfeito entre o amor da carne e a leveza do espírito. Três batidas na porta. Eva ajuda a pega hispânica a compor-se, encosta-se em latejo apressado na parede em cotovelo.

*Cuando menos te esperaba, apareces como un ángel.*

É o mestre das navalhas e barbelas por fazer. Entra pela porta recuada, é assento certo também para o barbeiro. Lavamento com sabonete de alcatrão, escovagem com pente de plástico encomendado. A mãe chama, Eva solta os pés. Senta-se no banco alto, também as mãos do homem penteiam. E alinham. Enquanto a mulher se acabrunha no espelho sarapintado, ele passa os dedos destravados pelo peito em medrio. Cospe um sorrir sujo e deixa cair os braços como pêndulos frios dum metal cortante. Manso, é nas partes íntimas que toca. Eva curva-se por melindre, a mãe por desencanto. Que tem olheiras de finado. O homem toma o banco nos dedos, é hora de pagamento. A pega norteia o velho para a cama, ele escusa.

*Hoje já me tenho por saciado.*

Faz encontrar-se na vista de Eva. A rapariga some pela portinhola virada ao terreiro dos gatos vadios, engole o líquido acidulado do defeito. Na mãe hispânica, o coração abranda. É o primeiro homem a dispensar o seu prazer. Ata as pálpebras num fio cego e em rezas doutra língua pede. Que seja o último, também.

*É maior a cegueira no homem que vê e finge não ter visto. Assim se amansa a alma dum pecador diante dum mundo de malvadezes e frialdades. Até deus se diz cego para encovar os seus desacertos.*

É Marcelinho da Lua quem recita, ao escancaramento das bocas no adro da capela. As velhas abanam a cabeça, por espanto. O sacristão atira água benzida a mando do padre.

*Não é o castigo que mais me aflige. Mas o arrependimento.*

Marcelinho fala por vez das coisas, pessoa translúcida que ninguém dá conta. Mas dá conta de muito. Eva ouve. Senta-se na escadaria em pedra fria da capela, procura as mãos firmes do homem. Fortes. Dessas que seguram. Cuidam. Sabem onde ir. A mãe só tem pés. Que giram. E voltam ao mesmo lugar. A milagreira hispânica tem andado mais amargada, ditos estribados na língua vindos da estremadura. Aperta o braço de Eva, mala posta no sovaco. A sobrevivência arde mais do que a compostura, fogo lento num ventre com desejo. O pudor é luxo de pessoa afortunada, fingimento de quem nunca precisa. Vai cruzar a fronteira, engomar o que aqui já é trapo. No mesmo vestido de lantejoulas, faz cair o palavreado derradeiro. Sem brio nem pudor.

*Vende lo que tiene precio.*

Seja inocência. Ou leviandade. Num lugar onde governa a vontade de deus e a animalidade dos homens, as mulheres obedecem. E sonham ter crias sem útero.

E é assim que a criança se levanta mulher. Sem um beijo prometido nem amor anunciado. Aquilo que tem é vendido, tomado. Aos homens promete segredo, ofício proibido pelas leis do unto fingidor. Cala-se. As mulheres também. Conhecem o mesmo cheiro nas camisas dos maridos, o comprimento dos cabelos canela. Já não é a pega hispânica quem empeçonha a santidade do urdimento familiar, mas a filha. A pura semente de ontem, criança bem aventurada no reino de deus. Hoje, a galdéria que leva metade do bem-querer afiançado diante do grande sacramento. Homens que vão por vontade. De pessoa. Ou bicho hermafrodita invertido para o lado igual. E voltam despejados, no conforto da naturalidade. Quando em jejum prazenteiro, viam as mulheres o ardimento nas calças subidas por agrado compulsivo. Imaculadas, serviam. Líquidos e abraços, pernas e penugem. Agora, um doce chá bem fervido. Apenas. Que o homem tem pressas por descanso.

Uns morrem. Outros renunciam. O mundo fica lugar sem gentio, pessoas refeitas a estilete e cinzel. Deus fez meio cento. Vão. E tornam a vir. Fora o cortiço, o miolo é igual. Seja homem ou mulher. Que alguns ainda se enganam, retornados em corpo duvidoso. Entre santas e vagabundas, é a vez de Eva se confessar. Que tem a voz embargada pelas leis do senhor doutor. No privado da capela, os seus passos nem se escutam. De tão leves. Ou ausentes. É mulher sem medula. Esvaziada. Que a culpa se infiltra. E consome.

*Padre, eu pequei.*, diz.

O homem santo pergunta, numa simplicidade de costume.

*Procuras absolvição, mulher?*

Um perfume manso a lavanda corre pela brisa do postigo.

*Sim, padre. Que não posso encontrar a deus antes de estar liberta.*

Ele apressa.

*Fala, minha filha. Para que melhor ele te possa perdoar.*

É que o ser sagrada ou galdéria vem das palavras com que se conta e ela começa a contar com as palavras que nunca disse. Como quem faz da criatura um alinho de memórias. Enfiadas. Conforme se quer. Ou se pode.

*Padre, eu tenho o pecado entranhado mesmo antes da nascença. Venho de parideira sem ar nem terra. Nem homem, sequer. A pessoa fazedora da outra metade de mim é estrangeiro de nome. Vim medrada ao abrigo dum útero geratriz sem dono, aos encargos dos seios árido e gretados duma mulher sem morada. Que a minha mãe é assim. Gente sem identidade.*

O padre acena com a cabeça. Por boca de outros dentes, ouviu contar dessa milagreira de língua metida num palavreado forasteiro. E nas intimidades de muitos homens. Sabe dos seus defeitos. E das virtudes. Também. Atento aos pormenores mais impúdicos, transpira anseios. Deus engendrou o agrado. O homem, a saciedade.

*Que o único jeito de declinar a fome é a sua abastança.*, rumoreja para si o conselho do seu antecessor, excomungado faz dezanove luas nessa noite.

Por ofensa às advertências do arcebispo inquisidor, que condena a concubinagem. Convincente. Um funcionário da igreja deve discrição, pelo menos. Mas tem verdade nos seus ditos. Querenças demandam fartura. Doutra forma, é só um adiamento. Que vontade não se contém. Antes pelo contrário. Se acrescenta, como a boca dum lobo.

*Come sempre mais que o prometido.*

Eva continua de língua fina. Não fosse o cheiro tão fresco e os cabelos soltos num fogo canela, diria mulher discreta. Recatada. Pelo postigo de madeira urdida, ficam os olhos toldados. O padre adivinha os contornos das pálpebras, tingidas. E as pestanas num redondo pronunciado como as santas de caco. Olhos grandes. Tentadores. Podiam derribar o universo dum homem por meio punho de tostões. Assim contam os velhos daquela terra. E o padre confia.

*Antes de ser mulher florida, fui desflorada. Coisa prevista, que nas palavras dela a vida não se compadece de vergonha. Ou pudor.*

E fala de Zeferino Dez. O homem que, desflorando-se, a desflorou. Também.

*Que ainda hoje me cumprimenta, numa vénia de gratidão. Homem primeiro. O definitivo, também. Que o meu coração criou raízes nesse peito.*

Zeferino Dez é o último de muitos irmãos, tantos

como os dedos das duas mãos numa mulher geratriz. A mãe assim os chamou, sem demora nem urgência. Todos tinham o nome do sujeito cobridor. Mais o número de paridura. Zeferino fora o décimo da colheita. E talvez o mais madurado. Ainda no desarraigar da sua pubescência, faz punho pelos princípios morais. E mais outros. É pessoa de pretensão e conquista. Com interno valente, tem ideias de servir a pátria. Vir chefe dum levantamento militar contra o invasor chegado de latitude alguma. Ir por esse mar a dentro, com o sangue ardente num batimento acelerado no peito. Terras desbravadas por homens vulgares, sem mitos. Apenas gadanhas fortes. De Eva, lhe contentaram os olhos. Grandes. E transparentes.

*Como se desse para ver no privado de ti.*, diz.

E Eva acredita. Que qualquer coração faz por isso. Obriga-se a afiançar, por esperança. Camisa arregaçada pelos cotovelos num pano já esgaçado. A pele tão curtida pelo sal. Homem de salinas, trabalha com os pés em águas conforme danças da maré. Deixa-se ir no balanço, tem a lealdade nas mãos. As mesmas que seguram o rodo com arrojo. E os seios da rapariga. Abandona as marinhas aquando o fim da jornada. Gosta do que faz. E faz com gosto. Quando tem vontades por ela, traz cristais em linhagem lavada nas águas da bacia. É das calças de cotim que toma o invólucro, com brandura.

*Flor de sal.*, decifra.

Em palavras selvagens, de quem só sabe daquilo que manuseia.

*Tem valor, Eva. É tempero de gente abastecida, ouro branco nas mãos mais letradas. Não menos que tu, Eva. Nunca menos que tu.*

Pela fêmea bem feita, quer dizer. Mas não sabe verbo para isso. Flor de sal. Luxúria simples a que só ela tem chegada. Nem essas raparigas de saia em tecido fino e meias rendadas, que cospem a seus pés quando passa. *Imunda.,* chamam.

E espetam a língua de fora, enquanto desenrolam um pavio de cabelo divinamente encaracolado pelo barbeiro da rua. O mesmo que ia a casa da mãe. E metia os dedos destravados pelo peito em crescimento. Eva segue. Amanhã ninguém sabe ao que tem direito, deus distribui destinos por casualidade. Mas ela sabe das intenções dos homens. Nada é dado por acaso, nem um punhado de sal floreado. Encosta as portadas da janela curta e, num instante de ardimento puro, deixa Zeferino Dez entrar dentro dela. Com alento de mar. Sabor, também. Que traz o corpo temperado, salgado. Os líquidos escorrem-lhe, Eva inebria-se. Por bem-querer. E ofício.

*Que o coração é feito para dividir os fortes dos fracos.,* lembra os ditos da mãe. *Nenhum homem vai longe quando segue as fragilidades da afeição. É assim desde a origem.*

E não fala de amor. Despede-se de Zeferino Dez como se fosse a última vez.

*Mas ele volta. Conforme a maré. Que é assim amar um salineiro, padre.*

A boca dela destila uma fragrância febril no confessionário. O sacerdote apura se há alguém em espera nos bancos dos pecadores, mas vai a noite no princípio. Já as velhas mastigam as gengivas nos lençóis encardidos da morte anunciada. Por dever, ouvirá Eva. Que os impróprios também são filhos de nosso senhor. Assim se absolve.

*Continua, filha. Que deus tem outros afazeres.*

E Eva fala. Como se, numa primeira vez, escutasse direito a própria voz.

*Houve outros homens, padre.*

Uns, ao encargo das políticas. Outros, da divindade. É o caso de Florêncio Primavera, subordinado no negócio da mortandade. Mortuário quando o criador demanda, floreiro sempre que o tempo permite. Tem dedos abençoados. Tanto cuidam do que morre como do que vive. Avidamente. Procura em Eva Evangelista a leviandade que o ofício não consente. Suspenso naquele olhar de condolência, a farpela em tingidura preta. Já desbotada, que a chuva lava a cor. E fincado ao assobio da carruagem fúnebre aquando o porte das urnas ocupadas. Que ouve. Até quando dorme. É de metal entorpecido pelo sal das lágrimas exageradas. Obrigadas, que até as carpideiras lucram nesta traficância da morte. Quando acontece um funeral na terra, Eva já sabe. Florêncio Primavera vem ao seu encontro, forma outra de se saber vivo. Ainda. Traz uma flor. Talvez tirada das coroas do finado, que a partida não pede tanto aparato. Diz sempre o mesmo, num solfejo incomodado.

*Abraça-me, mulher.*

E Eva abraça. Embala, nos braços tão delicados. Não é o dianteiro homem com quebreira no engenho íntimo, consertada na cama duma puta.

*Así es el hombre desde su origen.*

Depois, assanha-se. Num instante vem o frenesim, o orgasmo brusco e desengraçado. Mouco e mudo, cai suado na tarimba como um falecido sem caixão. Alivia-se com as mãos pousadas sobre o próprio sexo, olhos erguidos ao céu. Fala. Eva escuta. Dos mortos. Do cheiro dos mortos. Dos parentes dos mortos. E do seu compromisso nas artes da botânica. Da vontade abandonada de cursar estudos, ser doutor em matéria floral. É assim que Eva sabe muito de flores. Mais de nenúfares, até. Que Florêncio tem preferência.

*Repara, Eva. As flores de lótus ficam assim, embaladas nas águas de um lago. Parado. As raízes prendidas nas terras arenosas e húmidas, que ninguém vê. Ninguém. Muitas sumidas por aí, num lagoeiro de chuvas dum mosteiro qualquer. Uma flor de lótus, num lagoeiro de chuvas. Uma flor de lótus.*

As mãos ainda pousadas sobre o próprio sexo.

*Sim. É assim que eu sou, Eva. Uma flor que flutua, mas com raízes aqui. Nesta terra, Eva. Com cheiro a defunto.*

Ela faz deslizar as mãos pelo cabelo dele tão untado de brilhantina nesse gosto por penteado moderno. E continua. Flutua. Fala. Eva escuta, ainda. Tem tempo. Não haverá outro homem, por hoje. Que é dia de descanso. E oração.

*A flor do nenúfar é grande e perfumada. Mas tem vida curta, Eva. Quarenta e oito horas, conto eu. No primeiro dia, é branca. Pura. No segundo, vem rosa pardo. Desabrocha com pouca luz, como se um instinto de sobrevivência. Ao entardecer. Demora cerca de sessenta minutos. Uma hora. Tempo suficiente para morrer gente, nesta terra.*

Enflora um sorriso menino.

*A temperatura da água deve ser entre vinte e nove e trinta e dois graus. Temperada. Como um corpo vivo. Se o frio vem, ela morre. E nós também, Eva. Somos assim. Flores. Das quais as raízes não se vêem. Mas quando apodrecem, morremos. De dentro para fora. E só o tempo faz renascer.*

Quase adormece no seu colo. Eva já sabe. É o homem dos óbitos. Tem a voz da morte dentro de si. Que o chama. E o acanha, no ensaio de compartilhar com ele essa penitência de estar ao serviço do grande senhor. Abraça o homem que talvez a venha a enterrar. Amorna-lhe a alma. Que esfria, de tanto fim.

*É assim, padre. A cada funeral. Peco por dar peito a um homem descontente?*

O padre tosse. Não esconde algum incómodo na explicação voluptuosa de Eva, desejos que se lhe vêm por baixo do hábito. É bicho antes de santo. E ordena.

*Continua, filha. Continua.*

Ela pergunta.

*Tem vagar, padre?*

É que o caso assim contado, com pormenor e afinco, leva tempo. Ele meneia a cabeça. Deus ouve na vez dele. Eva Evangelista fala então do rapaz da bilheteira.

*Adão é nome bíblico, padre. Dizem que o nome faz a gente.*

As escrituras falam doutro homem, o primeiro. Feito em medida certa, criatura exemplar. Que este de Eva talvez fosse último numa fileira de mil, por desalinho e defeito. A Eva desencantam os dentes fanados de Adão Violeta, mas tem favores com ele. Nas tardes dos domingos santos, entradas gratuitas no lugar cinematógrafo da terra. Espera que a mocidade se acomode nos assentos dum veludo manchado. Luzes apagadas, entra na grande sala. Com sorte, tem lugar desmarcado no carreiro mais chegado à parede. Eva consola-se. Com olhos abrilhantados, não tem boca para desemaranhar as legendas. Imagina, conforme vontade. Quando o lacrimejo vem, escoa os líquidos na blusa. Ou ri-se com escangalho na negrura da sala. Descalça-se, quando pode. Sente o frio do mosaico sujo, arrepia-se como pessoa em amor. Depois de noventa minutos de invenção, as luzes assanham-se. As pessoas despejam-se da sala num veludo ainda mais manchado, Adão Violeta chama por ela. Corre o cortinado. Com as mãos untadas, apalpa-lhe as coxas. A língua sabe a fruta com bicho. Eva encosta-se na parede, ele contorna-lhe o corpo num tocamento tão nu de volúpia. Late. Tem jeitos de cão. E nunca se despeja. Eva contenta-se. Será rapaz imperfeito, com estranheza no temperamento. E na encorpadura. Vira costas, sem dizer. Eva alinha o vestido levantado, esfrega a boca lambida. As escadas dão para a rua, sai como se nada tivesse acontecido. Adão não reclama. Continua embrenhado no prazer seco de ter sexo com a filha da milagreira hispânica, que já havia servido o próprio pai. Tudo tem seguimento coerente. Até deus é cego, quando quer. Que nem sempre tem vontades de ver o erro nos homens.

O sacristão Raimundo Luz assim julga, sobre a cegueira do criador. Quando ajuda na reza da missa, enrodilhado em entendimentos ordinários. Ou se socorre da sacristia para favores ao próprio corpo, dedicado a si e a prazeres intuitivos. Ao padre, escancara-se a boca.

*Deus o leve em boa hora, que terá perdido o tino.*, rumoreja.

Tem vezes que bate na porta de Eva Evangelista, com propósito de benzedura na casa. Leva o cálice de água benta com o sinete e um punhado de moedas juntadas na caixa de esmolas. Ofertório aos santos das causas justas, propósito certo. Já outros falam na vizindade, mas Raimundo Luz assim entende. O anseio do sensualismo tem de ser desfaimado. Ou nunca se cala. Morde como cão sem açaime, que até as entranhas se reviram por vontades de despejo.

*Venho em nome do senhor, Eva.*

A labareda afogueada nos seus olhos denuncia intento de pecar. Eva sabe. E se adianta, quando o livra do fardo do rosário.

*Deus não entra por esta porta, senhor Raimundo Luz. Descanse, em paz. Ponha-se em liberdades.*

Desnudado, parece um homem igual a tantos outros. Menos no maneio. Eva é tocada como se santa de porcelana. Figura frágil, delicada. Não fosse a pele enrugada nos dedos e apreciaria tanta cortesia, que é polimento incomum. Contorna-lhe os seios ainda desmaiados, sem apetite. Bem sabe o velho que Eva terá gostos por homens mais novos. Mas sustenta o latejo mais doente. Beija-lhe o pescoço. Doce. E os lábios mais finos que os de Cristo.

*Sagrados.*, diz.

Não se mete nela desenfreadamente, como Zeferino Dez. Empola-se devagar, como se inundado por uma impressão de dádiva. Sem pressa nem culpa. Um homem que sabe o valor duma puta em terra de homens desfeitos.

Ele fala em voz de confesso.

*És perfeita.*

É quando Eva Evangelista se deforma, por defeito íntimo. Raimundo Luz compõe o rosário ao peito, roda a maçaneta com vagar. O adeus vem num olhar tão merecido. Despida na cama, lacrimeja. Sem homem nem cão. Quer ser perfeita, inteira. Que uma mulher tem vontades de amor. Mesmo depois de ter sujado a honra.

*Rezo de olhos fechados, padre. Para que deus não veja dentro de mim. Sou mulher suja, padre. Os cheiros deles se entranham nas minhas unhas, o sebo do corpo no meu.*

Dependurado num desgoverno de fé, o homem das penitências ainda ouve. Depois dum silêncio mais demorado, escorre-lhe da língua a palavra do Senhor.

*O teu destino terá sido esse, mulher. Servir os homens pobres de espírito, dar amor a quem não tem. Não temas, mulher. Que deus assim quis.*

Eva fala.

*Mas, padre, sou pecadora. A sagrada escritura assim o anuncia.*

O sacerdote molha os dedos em água benta. Achega--se ao postigo, tão junto a Eva.

*Filha, a bíblia fala-nos de sacramentos e mandamentos, preces e oferendas para remissão dos pecados. Mas a vontade de deus não é complicar as leis do universo. Deus fala de amor. Pede amor. Deus é amor. E o amor é a simpleza das coisas.*

O padre ausenta-se do confessionário, ela curva-se e beija-lhe a mão. Com fervor. No corredor da sacristia, os santos calam-se. Só o sino se ouve, pelas mãos do sacristão. Da blusa, o mesmo peito que inebria tantos homens. O cheiro a lavanda, o contorno tão virtuoso dos seios fartos e carnais. Nenhuma boca fala, só o corpo diz. Num descuido, o padre experimenta um levantamento do sexo. Sente-se culpado. Eva, perdoada.

# O RISO DE DEUS

*O mar mais manso, agora. Pronunciou-se, já. Disse deus o que o mundo pedia. É a hora do homem falar. Sem boca, que a saliva da gente é azeda. Coisa ruim. Mas com as mãos, no agasalho. Ou o cumprimento das leis maiores, como a vontade e o amor.*

As paredes do farol levantam-se num branco desbotado, comido pelas labaredas de sal que o mundo cospe. Quando inflamado, desfaz-se o mar nas terras com a ardência dum fogo santo. A falésia obedece, curva-se. É esta a ordem natural das coisas, sem nevoeiros nem perguntas. O homem vem descalço, desata a portada da torre. O corpo some-se nos fios de água corridos e a dobradiça range ou diz. Ele responde a cada escada, numa reza sem credo. Ali é o seu templo, dum deus simples. Também ditador.

*O mar mais manso, agora. Já o homem pode descansar. É no silêncio que os íntimos se revelam e o milagre acontece.*

A luz é poupada, a neblina ausenta-se. Os mareantes já podem seguir rumo, sem esconjuros nem agouros. O farol acaba-se numa negrura muda. Do alto, o mesmo homem faz cair os olhos no penhasco. As gaivotas voltam aos embalos da água. A terra desocupa-se, ficam as gentes. Num sopro de agonia, faz suposição. Que deus escuta.

*Já nem aos bichos apetece o mundo dos homens.*

Luzeiro, assim o chamam. Pelo ofício de alumiar as brumas e aguados caminhos, também pela claridade nos olhos ainda esperançados. Apesar do coração morto. Outro nome tinha, mais divino. Também amarfanhado pelos trilhos da tristura. Contam das promessas duma mulher com umbigo devorador, ida às terras do continente com propósitos maiores. Da boca, versos de saudade. No peito, a malquerença da miséria. Mais o lume da luxúria e outros pecados. Quis ficar entre gentio de raiz mais fina, homens de bigode penteado e relógio de bolso. Mulheres de perfume certo em vestidos de chita. Foi e nunca veio. Dizem que ele espera, ainda. No negrume imposto a uns olhos que nunca cegaram, mas deixaram de ver. O enamoramento assim faz, como o nevoeiro. E se desofusca o farol o rumo aos marinheiros cegos, não há quem clareie o dos homens perdidos de amor.

Quando os barcos voltam do mar, pergunta por carta. O servidor dos correios folheia os envelopes salgados, arranca um a um.

*Não. Hoje ainda não. Talvez amanhã, Luzeiro. Talvez amanhã.*

Não que o tome por louco, comove-o tanta fé. Talvez Luzeiro ainda acredite. É esse o salvatério, afinal.

E torna a acreditar. Agradece num gesto feito devagar, leva a mesma mão ao tecido rijo da carapuça parda e cruza-a ao peito. A encorpadura corcova-se numa onda quase desfeita e some-se no areal negro. Os pés nus, como o desejo. Não esconde. Aquela mulher levou-lhe as fantasias na mala bem cosida, mais a vida por adianto. Aos outros, é negócio de galdéria. A ele, circunstâncias dum bem-querer maior.

*É coitado.*, dizem as línguas devoradoras.

E as gaivotas rangem os bicos.

*É amor.*, agouram com azedume.

E as gaivotas levantam-se.

Quando a portada do farol se tranca, aquela gente sabe. O homem volta só ao mar levantado, sem misericórdia. É com esse que fala, numa linguagem que ninguém entende. Falas divinas ou elementar loucura, que o silêncio engana memórias e vontades. Aos mareantes ancorados no embarcadouro da praia branca os olhos contam do homem a tirar as roupas de linho claro, sem pesponto nem debruo. Um pano, sem pormenor. Com a simpleza de Cristo. E, então, na pele dum corpo despido, entra no mar. Cobrem-no as ondas encrespadas, como gadanhas ásperas dum bicho assanhado. Ele enrola-se numa travessia de palavras e embates, julgam-no morto por amanhã. Mas nunca. Luzeiro acorda antes de todos os ventres. Tem um deus a escutar, quando fala. Apura as intimidades das águas, os desígnios da terra. Se mansas, alivia-se. Talvez adormeça. Ainda não é a hora para ouvir o que o mundo pede.

Benvinda é rapariga, ainda.

Fruto começado em flor, gomo em medrio. Bordadeira de linhos e amores, é na capela que conta segredos e tristuras. Pede perdão pelo desejo, anuncia penitências. A vida veio imperfeita, mas obedece ao mando de deus. É esse o princípio de todas as coisas. O homem tem vontades, o criador argumenta. Vem dele o bálsamo para um íntimo devorador.

A ilha é feita de terras curtas, homens também. Ora embarcados na salmoura das funduras frias, ora desandados pelo mundo para engano maior. Que os tostões embaciam a vista e o coração. E o de Benvinda se aperta em agonias. Suspeita, será mulher sem dono. Não há rapaz que desperte namoros nem vontades. Como se aquela fosse ilha ausente. Onde a beleza cresce nas asperezas do desamor, por vaidade santa. A rapariga pede ao milagreiro um homem assente. Talvez camponês, talvez senhor. Mais quer que venha prendado e dedos tão macios para desbravar lugar sem amanho. A bolsos e fazendas, desfaz contas. Amor puro tem latejo acanhado, peito nu sem adorno. A nós, o que nos cabe na barriga. O que vai a mais, paga-se com o coração. Fala do amor consertado, duma vida com simpleza e obediência. O amor dá alimento à boca e aos íntimos. Nada de extravagâncias, tanto o desamor como a paixão. Assim, um mar calmo. Assim, um amor livre, com açaime e algemas.

Na praça, Benvinda anuncia flores num riso desocupado. Também um cesto de bordados. As rosas bravas cortam os dedos, o sangue é quase frio. Soltas as mãos, alivia os entendimentos. A velha floreira tem olhos grandes, vê o amargo na língua. Avisa, por desvelo. Já assim diz o quase ditado.

*O amor é coisa inventada, rapariga. Que o bom marido quer-se apurado pelo fardo do alforge. Comida na mesa, o amor vem na correnteza.*

O azedo é mais carregado, agora. A rapariga leva os dedos à boca, tem saibo amargoso. Também o agouro frio por voz tão seca, sem o rocio do apego. Apertam-se mais os íntimos dum corpo quase maduro, encolhe-se o útero. Benvinda não tem outras bocas a ouvir. O pai veio mudo, língua travada na garganta magra. E a mãe se terá desfeito ao dianteiro grito da criança, quando chorou por alívio. Ou saudade, já. Que o ventre onde terá empolado vinha de horas contadas. É agora um punhado de terra, memória inventada na urgência dum bálsamo narrativo. Pois que gente desponta do vazio? A composição natural assim diz: todos têm um primeiro lugar. Todos começam caroço no berço polposo dum fruto feminino.

*Terá o meu sido num colo morto, descarnado.*

Quando volta a casa, o pai alegra-se numa linha direita de dentes, sem falha nem mentira. Tem-lhe amor, ela sabe. Ainda que naquele linguarejar de silêncio venha a culpa de Benvinda e as mãos imperfeitas da parteira, também carpideira em tempo vago. A cada palavra que ele não diz, ela morre mais um fio. Estranha a voz nunca ouvida, mas supõe sobre ela. Rasteira. Mastigada. A rasar a sua face ainda mimosa, num chamamento bom.

*Pai, vim.*

Mas a voz dele não vem. E a rapariga beija as mãos do homem quase morto, sem boca nem pio. Talvez remordimento no coração. Todos contam.

*Depois da morte da mulher, o velho provou o azedo da língua. E nunca mais falou.*

A rapariga despe os pés, esfria os joelhos no chão. No curto altar de flores ordinárias, tanto reza. E se benze, com água do mar comprido. Que vai e vem, leva e traz. Os santos ouvem, na cegueira duns olhos de caco. E diante dum deus calado, até o silêncio parece em vão. O pai ainda mudo, nos ofícios de sapateiro. Como se falasse por cordéis e saltos, pesponto e cola. Assim se adianta a rapariga, num mundo de coisas que falam e rumorejam. Onde as palavras vêm ditas no oco da casa, entre paredes suspiradoras. Quem sabe, diz. Só o amor faz falar, esse invulgar urdimento ardiloso que se enflora dentro. Só o amor faz sarar, nesse secreto e engenhoso tormento. Talvez o amor venha. Talvez o amor aconteça, em terra de milagres. Mais certo que a oração, é a fé.

Maria Morta.

É um nome. Há quem nunca o diga, por dívida. Que os mortos têm tanto a dizer. A terra que os cala, também embala nos braços compridos da morte. E deus consente, pois a terra é mulher. Emprenha. Aleita. E adormece, quando a hora certa vier. Maria Morta é velha já. Talvez com idade para ser defunto, mas que a vida poupa por ofício sagrado. Mensageira das bocas já levadas, corpos que teimam ficar. Por compromisso, coisas ainda por falar. E falam. Por ela. Que tanto se entendem naquele linguarejo resfriado pelos muros pardos do cemitério.

*Conversadeira, a velha. Queria-se muda, por deus.*

É assim desde criança, quando vertida pelos lábios maiores veio sem vida. Arrefecida, dum útero fraco. Endireitada na urna branca, no aconchego do lençol de seda, parece viva, ainda. As velhas choram, num carpido comprado. Os homens perguntam-se. O padre adiante. Aos primeiros punhados de terra, ouve-se os berros duma boca acabada de abrir. Os olhos cruzam-se entre a gente, as línguas amordaçam-se num nó. Ninguém fala, por vergonha.

*Me engano em loucuras, meu deus.*

Mas a mulher parideira bem sabe da sua cria. Pés atirados à cova, espanta as terras comedoras e desfecha a tábua pintada num sopro de esperança. Também arrepiamento, que o diabo fala nestas entrelinhas. Num riso imaculado, a criança. Maria. Pelo milagre de nossa senhora. Morta. Pelo princípio do seu andamento. As cabeças curvam-se na sepultura, acreditam sem afinco. A mãe levanta o renovo aos céus. Cai uma chuva leve na ilha, por graça. O padre ali bendisse. O padre ali louvou, imperfeito na sua fé.

*Maria Morta seja, coitada.*

Ámen.

É corpo presente nos funerais, depois. Raros, que a gente é pouca. Barcos levam, barcos ficam. Ninguém volta àquele lugar. O mesmo padre adianta-se nas leituras, ela pende como um jasmim florido nas bermas do caixão. Nos seus pés de rapariga, sustenta-se. Da língua, uma conversa íntima e privada. Os rostos arreganham os dentes num arrepio, o defunto mais agradado. O padre incrédulo abençoa, em nome dum deus desconhecido ainda. Volta a atar os dedos na cruz dependurada sem graça ao seu pescoço. Fala para si, nos carpidos da parentela e outros.

*Talvez sempre existas, grande senhor. Talvez sempre sejas.*

Ao lento vazar das terras pelo coveiro, Maria Morta tem os olhos fechados.

*Reza com a ardência que nunca tive.*, emenda o padre.

Mas a rapariga não sabe rezar, que deus lhe ensina outra voz. Canta, numa balada de adormecimento dita com vontade.

> *Dorme, dorme, meu menino, ao beijo da terra
>   matriz,*
> *É ela a mulher que deus quis,*
> *Sem frieza nem ruindade.*
> *Dorme, dorme, meu menino, no canto dito aos
>   céus,*
> *Faz dos meus lábios teus*
> *E fala de amor e saudade.*

Encoberta a cova, Maria Morta vai em pés leves. Acudida aos braços de cada parente, conta. O que o morto diz e pede. Rezas e luz. Amor e perdão. Culpa e castigo. O gentio ri-se, por providência.

*Os mortos são cegos, mudos e surdos, Maria.*

A rapariga conta mais, até os segredos mais ruins da ilha. Filhos de pais outros. Mulheres da vida. Heranças cobiçadas. Mortes por arranjo. As bocas abrem-se por desespero. Ao andamento da maldita conversadeira, as janelas cravam-se nas paredes. Ninguém se apresenta ao sinete da porta, chaves metidas nas fechaduras tão velhas. Maria Morta lamenta.

*Ninguém cuida dos seus defuntos. Ninguém vos atende. Antes temem, por fraqueza. Por desamor enganado.*

Engole o ouvido e o que tem por dizer. Num funeral, mais se enterram segredos do que memórias. Os defuntos falam para aliviar, morrer mais um bocado. Nunca para assombrar os vivos, que ainda amam na sua condição. Mas bem sabem. Negócios dum morto nunca acabam bem. Assim os segredos, também.

Nunca procurou Benvinda porque a mãe morta assim o quis.

*Maria, não fales. Escuta. O meu ventre ainda lateja ao batimento do coração dela. Tão fraco, tão só. Quando aqui vem, naquele braçado de flores, tenho vontades de chamá--la. Filha, minha filha. E sentir pelos meus dedos a pele orvalhada, os olhos carregados de mar. Maria, é Benvinda uma mulher inteira?*

Maria Morta não diz. Sabe do coração desocupado.

Dos amores que não acontecem, da boca açaimada dum pai agoniado. Não conta, antes amansa. Por piedade. Que os mortos merecem descanso.

*Benvinda cria-se no regaço de deus. É esse um lugar perfeito, num abraço com virtude.*

E canta.

> *Dorme, dorme, meu menino, ao beijo da terra matriz,*
> *É ela a mulher que deus quis,*
> *Sem frieza nem ruindade.*
> *Dorme, dorme, meu menino, no canto dito aos céus,*
> *Faz dos meus lábios teus*
> *E fala de amor e saudade.*

E adormece também.

É encontrada de braços caídos nas sepulturas, flores arrebitadas num estranho viço. É o coveiro quem diz dos medos da gente. Que a querem tão mouca e surda.

*Senhor padre, deve impedir, no seu ofício de mensageiro de deus. Maria é caso de hospício, nunca de igreja.*

O padre remorde os entendimentos. Não diz. Mas consente, no seu silêncio.

*Maria Morta é santa. Porque acredita. E deus é tanto isso, acreditar no bem.*

Os homens e as mulheres vestem com sisudez. Os homens engravatados, farpela feita para tardes de funeral. Elas enfiadas nos lenços negros, num ensaio de escuridão. Maria Morta engana os enterrados, que a parentela reza pela ausência. Os companheiros bendizem por saudade. Quando volta do cemitério, pede perdão ao grande criador.

*Mentira é pecado, pai. Bem sei. Mas mais pecado será fazer doer a quem já não sente. Castigar a quem já não melindra nem abocanha.*

E deus absolve, no seu já desapego aos defeitos do homem. Bicho imperfeito. Coração assanhado. Língua azeda. Filho da sua imperfeição também, que nem a morte o molda ao encurvamento do amor.

Vem descalço.

Os homens do mar atam nas terras as cordas do barco, nas mulheres da banda-de-além a saudade. Luzeiro espera, num silêncio de ameno engano. Dentro, as entranhas revolvem-se. Inflamam-se. E volta a ser rapaz, no desconcerto dum bem-querer de criança. Primeiro. Que a mais nenhum outro o coração se comandou.

Os olhos do mensageiro anunciam.

*Ainda não, Luzeiro. Talvez mais adiante. Talvez mais depois.*

Os mareantes gracejam pela inocência num homem feito, o ofício veio salgar a simpleza do íntimo. Desentendem sensibilidades, agora. As mulheres dizem, apontam os dedos despidos de luxo. Sacodem as saias pretas e os desejos. Também riem. Num desdém desafinado. Dentro, encovam a vontade por um ardimento assim cuidado. Amante com doutrina, também anseio. Numa loucura que mais parece amor. Nas botas rasas, acomodam-se à rudeza dum chão ardente. Assim os peitos, acostumados aos homens de mãos geladas.

*Talvez seja isto o amor.*, murmuram-se.

*Talvez isto seja a verdade.*

Luzeiro mete os pés nas areias pardas, fala com o ventre do mundo. Ou a mulher de deus. O rosto enfiado nas falésias, na brisa humilde que o sopro dos santos traz.

*Já não vem. Hoje já não vem.*

O andamento sereno das águas faz com que volte ao farol. É na torre estendida às alturas que alivia a esperança comedora. Chora, quando pode. Se a grandeza assim permite. Que as lágrimas pedem bravura, cortejo da certeza. E é esse o galanteio que cava a pele, estanca mesmo na correnteza. Mais ingrato que contar a mentira, é obedecer a uma verdade. Ele sabe. E mente.

O vulto levantado no penhasco levanta os olhos de Luzeiro. Um batimento mais acertado do coração denuncia uma curvatura de mulher a um punhado de comprimentos do farol.

*Afinal veio.*

O olhar dela cruza o outro lado do mundo, onde as ondas se encaracolam. Os pés sentem o frio do chão. E do medo. Ela parece esperá-lo, quieta. Absorvida num pensamento de saudade, talvez. Ele respira. Ela desagua. Ele toca-lhe o ombro, pálido. Ela vira-se num espavento.

*Luzeiro.*

Benvinda conhece-lhe o nome. É dito nas conversas de mistério pelas gentes da ilha. Os olhos dele tombam por terra como areias desistidas do mar. Volta-se, tem urgência do seu farol. Ali, os desenganos melindram mais. Tocam. Quase faze morder o pó que a brisa levanta. Benvinda suspira.

*Espera. Luzeiro, espera.*

Os pés dele atam-se nas palavras.

*Vim para perguntar.*

Ele fica interrompido, como gente sem bafejo.

*Sobre amor, Luzeiro.*

Adianta o passo. Ela embarga o andamento.

*Luzeiro.*

Numa boca esquecida de falar, ele fala.

*Não há perguntas sobre o amor.*

A rapariga apalpa com a voz.

*Vim perguntar pela ausência dele, então.*

Ele volta-se. Dos olhos, o luzimento de cristais.

*Só há ausência daquilo que se tem.*

No rosto, a frialdade dos cardos. Ela ainda, como se o tempo escorresse por entre os dedos.

*E a ausência do que ainda não veio?*

Ele fala outra vez.

*Isso é falta de fé.*

Os olhos de Benvinda cintilam, num quase impropério. Mas engole o azedo da possibilidade. Talvez. Que a fé não se vê pelas súplicas nem penitências. No seu concubinato com deus, não espera que a sua grandeza se faça no mundo. Como se os homens estivessem condenados ao castigo temperador e a misericórdia do senhor fosse imprópria. Onde o mar se pronuncia, ela cala-se. O homem do farol desocupa o silêncio e vai, sem adeus. Que não tem por hábito ouvir a própria voz, nem descoser as linhas com que amordaça o coração. A dobradiça range e o homem é engolido.

Benvinda amarfanha as mãos, uma na outra. Espera um acontecimento que adiante a hora. Ou o entendimento. As pálpebras corridas, cortinas aveludadas diante dum mundo tão áspero. Ouve a aragem no peito. O latejo da sua pessoa. E outro. Esse batimento mais lento, mais simples. Sereno. Esse corpo que a acompanha, na vacuidade duma ausência. Desencobre os olhos. Procura, na cegueira do coração.

*Será a tua presença, meu deus?*

Ignora o sopro macio na cara.

*Ou avisos de minha mãe?*

A rapariga cai nos joelhos, o xaile pendurado por pontas. A ilha encurva-se num regaço de mulher parida, ventre amadurecido.

*Despojada de fé, sinto-me louca. Renuncio ao meu caminho, assim. Desentendo as falas do mundo. Também as vontades de deus. Sou mulher sem virtude nem esperança.*

A voz é delicada.

*Benvinda, o amor é a lei de deus.*

A rapariga vê diante de si a mulher num vestido pardo, os cabelos enovelados num nicho de santidade.

O respiramento dela é demorado, também. Como se respirasse um ar mais fraco, noutro tempo.

*Maria Morta?*

É sabido que a vinda da velha traz recado de defunto. O corpo quase maduro de Benvinda encurta-se num anseio esperado. Levanta-se na pressa de quem quer saber, curvada no mistério da mensageira.

*É a minha mãe, Maria Morta?*

Da velha, um leve perfume a magnólias.

*Vem. Há quem te queira dizer.*

A rapariga sacode as saias dum azul duro, endireita o xaile com as mãos secas. Compõe as farripas no lenço, leva um passo mais arrastado. Mas apercebe-se da boca da velha, em rezas suspiradas. Ou prosas com falecidos. Ao passar no farol, tem medo de olhar para o topo. Não olha. Mas repara em Maria Morta, sorridente. Faz o sinal da santa cruz e vai adiante.

*Conheces Luzeiro, Maria Morta?*

A mulher fica demorada na língua, raro costume de linguajar com gente viva.

*Tenho fácil amizade com os defuntos.*

A rapariga faz a emenda.

*Bem escuto. Mas Luzeiro é vivo.*

A velha poda galhos num riso, como o floreiro apurador de acúleos bravios.

*Não é pelo caule que se vê a substância da flor. Os braçados de margaridas que depões ao teu deus, vão já mortos. Sem existência. Mas ainda iluminam as vistas dos mais imprudentes. A vida não está no corpo, Benvinda.*

A rapariga embacia-se na babilónia de suposições. Aos boatos do seu destempero, a velha parece mais entendida. Ela escuta, morde os dentes. Também Luzeiro avisa do amor. Agora, Maria Morta da vida. No silêncio do pai, Benvinda tem comido perguntas, fabricado respostas. Despida diante do altar humilde, entrega-se. Sem contas nem cálculos. Assim aconselha a vizindade da ilha, numa humildade ignorante. Mas esta voz do mundo fala pela língua solta dum louco. Vem nos temperamentos dum mar revolvido, das bocas dos mortos aflitos. Ela quase acredita.

Ao verem Maria Morta, as gentes cicatrizam os medos nas casas de colmo. Fecham as portas e as certezas. Tremem, numa dança de esconjuro.

*Que dela virá carta ruim.*

Mas é Benvinda quem se maneia, atrás. Os mais ousados, espreitam pela fresta do janelo. Contam, ferrados pela coscuvilhice.

*É a filha do mudo.*

Sopram por alívio, ainda.

*Aleluia.*

Também o pai espiona o cortejo de Maria Morta, plácido.

*Serás tu, mulher, a querer-lhe falar? Deus seja louvado, que Benvinda estimará os teus conselhos.*

E não voltou a falar.


Os ciprestes despontam como espadanas de tristura.

Compridos, lembram estradas ao alto. Escadas para as alturas, corredores do adeus.

*Esperamos que venha, Maria Morta?*

A velha parece sóbria.

*Não, Benvinda. Quem te quer dizer já aqui está.*

A rapariga turva-se na indecisão, se continua num fingimento quase verdadeiro ou se acredita com muitas dúvidas.

*Devo falar?*

Maria Morta parece descomposta.

*Já te tem dito. Não ouves?*

Benvinda confirma.

*É pelo coração que deves escutar, Benvinda.*

O vento levanta-se e ela escuta.

*Muito me agrada que tenhas vindo.*

É voz abastada.

*Quem és?*

Ele responde.

*Alguém que te espera.*

Benvinda roda no seu corpo.

*És parentela?*

Ele.

*Somos partes num único mundo.*

Ela entra nos olhos da velha.

*Que me queres?*

O homem desvenda-se.

*O teu amor, Benvinda.*

Ela estranha, num arrepio suspenso.

*É graça, Maria Morta?*

O vento cala-se, a voz também. Maria Morta desanuvia-se.

*A ausência de amor é falta de fé.*

É essa a revelação do Luzeiro. Também. Benvinda benze-se e adianta os pés pelos trilhos desocupados daquele cemitério, nas incertezas duma rapariga em medrio. A velha não chama. A fé é coisa que vem de dentro. É chamamento íntimo, sem mestre nem obrigação. Benvinda ainda repara atrás. Os lábios da velha descosem-se em palavras, fala com o ausente.

*É louca.*

Mas o coração diz-lhe que não.

Inocêncio foi criança sem alinhavos.

Pesponto a linha forte, bainha sem engano. Filho de adelo, é levantado entre fazendas de vara e côvado por toda a ilha. Luxúria e humildade na mesma mão. O pai calcula vestiduras com as palmas, sabe as medidas do seu corpo.

*Três punhados de cetineta, dona.*

Adianta favores, linho e seriguilha vindos de tecer por dedos santos, quase.

*Fazedoras de milagre, a fio fino. Viúvas por vontade, amantes da urdidura em solidão.*

Assim conta, num romance com tanto de inventado. Quando o lucro se cumpre, encomenda texturas e cheiros doutros mundos. O estrangeiro é já depois daquela terra, que desconhece além da ilha. Os barcos avisam, as mulheres encantam-se.

*Baeta, sarja e seda, vindas dos lugares com maior refinamento. Outras fragrâncias e esplendores.*
Dizem das vaidade um pecado, mas é por querer agradar a deus. É homem rigoroso. Até ao adro da igreja, os sapatos são levados como castiçais de altar. Os pés pisam o chão ardente, as solas salvam-se debaixo dos braços. Numa inclemência gloriosa, os homens encobrem a camisa com a jaqueta curta de pano preto. As mulheres envaidecem-se na mantilha comprida, na cor que mais apetece. É com a mãe que Inocêncio sabe das plantas tintureiras. Urzela, para os amarelos e terras. Ruivinha, para os vermelhos e fogos. Pastel, para os azuis e céus. Mas em casa o ordenamento é outro, a vida tanto custa.
*Remenda a saia com bom pano, que te chegará ao ano. Torna a remendar, que a novo ano te há-de chegar.*
Assim terá conhecido Violante. Rapariga de olhar sorrateiro pelo lenço muito sobre os olhos, os lábios húmidos pelo orvalho da manhã.
*Venho por rendas e outros pormenores.*
As falas parecem provocantes. O coração de Inocêncio apressa-se.
*Quanto procuras?*
Ela desaperta um dedo na blusa ramalhuda, em flores alegres e insinuantes.
*O que puderes dar.*
Violante. Nome doutra lua, talvez. O rapaz obedece, também oferece. Que é presente da casa. O pai depois há-de ralhar, apontar. Que a rapariga levou rendados e

chita, mais a leviandade. Levou pano para o vestido, mais um tanto para sobras e vontades.

*Por Violante, vou ao remate do mundo.*

E o remate do mundo era mais perto que o julgado. Violante veio vez e vezes. O rapaz perdia das mãos tecidos finos e macios, lantejoulas e fio de prata. O riso dela abria-se num exagero, as pernas quase à vista. Os olhos dele maiores, assim a culpa também. Na ausência, reza a deus. Por aquela mulher, que os íntimos se agradam. Mas Violante deixou de vir. Consta que terá enxoval já feito. Num vapor madrugador, meteu-se na andança. Tinha pecados ardentes na língua, lábia maior que os homens. Seguiu para o continente, em busca dum capitão embarcado ou dum velho herdeiro. Assim contam as velhas. Inocêncio fica surdo. E ainda hoje a espera, na luz do farol.

*Luzeiro assinou cedo demais a sepultura.*

E mais nenhum regaço pôde ser abraçado pelas mãos daquele homem.

Nos dias que vieram, Benvinda latejou em maior silêncio.

Aquela comparência dum corpo ausente deixou de ser. Até o vento se refreou nos galhos das laranjeiras e as folhas derrotadas já não entram pela fresta do janelo principal. No varandim, as gaivotas pousam sem remanso e as flores brotam por imperativo natural. Benvinda também não tem rezado. Os santos de caco parecem-lhe agora mais incomodados, estancados numa pureza forjada. E deus nem se presta a ouvi-la. Esse deus também homem, imperfeito. Ao pai, acusa a sua boca calada. E cala-se, também. Os olhos do velho emudecem, as mãos já não cosem como antes. O debruo das janelas desbota-se ao orvalho delicado, o telhado de colmo carrega-se de frieza. Benvinda, desprendida. Num não amor quase bravio. Sai nas vestes de azul e preto, curva-se na praça das vendedeiras. À velha, aflige tanto azedume. Canta-lhe o bailinho, sopra uma ou outra súplica em deslize de sermão. Descarna uma romã, oferece-lhe como se a uma cria. Amansa a rama dum ananás. A recusa traz certezas. Nem os cheiros do jasmim ou da magnólia, nem os sabores da mandarina ou anona. Nem a pureza das crianças na camisa e pés nus. A velha descuida-se em ânsia.

*Descrava, Benvinda. Que a agonia te come a alma.*

A rapariga desata o alforge onde governa os trocos das vendas.

*Já volto, senhora. Já volto.*

Sabe daquela morada. Maria Morta tem entendimentos no estrado das terras e sepulturas. As entradas do cemitério abrem-se, como braços devoradores. Os ciprestes curvam-se, conspiradores daquele chamamento. Benvinda tem a voz pronta.

*Maria Morta, venho por fé.*

A mulher impede seguimento ao diálogo, tem afazeres primeiro. Nos lábios, percebem-se palavras. Fala, como de costume. Talvez um recém-chegado, novos favores, novos segredos, novos medos. Ela espera até que os olhos da mulher se cruzem, num negro brilhante.

*Vem, Benvinda.*

Maria Morta ergue-se nos joelhos marcados, sacode os punhados de terra que se agarram às suas saias. A rapariga segue-a. Os jazigos levantam-se como sombras, os chilreios são de corvos. A mulher parece consumida. Benvinda repara, mas não diz. A outra fala, uma brisa vem. Amena, num beijo arejado. Maria Morta faz uma vénia, retira-se com um brilho exagerado nos olhos. Como se numa entrega celestial. A Benvinda, parece estranho. Fica envolvida naquela brisa como num abraço, enquanto vê Maria Morta no seu andamento pelo cemitério afora. Deixa cair o xaile. Depois as vestimentas pardas, nuns panos entrosados com nós e segredos. A rapariga surpreende-se, a mulher nua pelos trilhos entre as campas. Desentende. Quase duvida, nova vez. Mas aquela voz amaina as hesitações.

*É a hora dela, Benvinda.*

A rapariga estranha mais a suposição do que a própria voz.

*A hora?*

A explicação é simples.

*De ser mulher.*

A rapariga respira, num bafo de fé. Maria Morta terá sido mensageira, sem vida própria. Amores não se lhe conheceram, nem outras andanças. Sim. É a hora dela.

*Por que não vieste mais?*
Também a voz tem perguntas.
*Por que não confiaste?*
Senta-se nas escadas escuras dum jazigo com o santo Gabriel.
*Ainda vais a tempo, Benvinda. Ainda vens a tempo.*
Ao conforto do toque, continua.
*És um anjo?*
O riso é doce.
*Um homem.*
Ela acredita.
*Que me queres?*
Ele diz outra vez.
*O teu amor, Benvinda.*
A rapariga ruboresce, numa simbiose com tanto de loucura.
*E que sabes tu de amor, nessa morte antecipada?*
A brisa corre nas mãos, a rapariga solta os dedos com leveza.
*Sentes?*
Aperta os dedos, o coração enche-se.
*Para onde vamos, assim?*
A voz fala, na calma dum amor encontrado.
*Encosta-te a mim. Vou contar-te do nosso destino. Das lágrimas que deixo cair pela chuva. Do desejo, que as lavas do vulcão cospem. As saudades em cada estrela. A tristura, nas manhãs de frio.*
Ela fecha os olhos, descansa num regaço tão suave como o polposo útero duma mãe.

*Pareces-me de poesias. É a vida mais crua, meu amor.*
Ele não responde. Antes adoça, com os lábios. E conta,
como se uma narrativa por tempos de reis e testamen-
teiros, achados e descobridores. As mãos ligeiras aman-
sam os cabelos encrespados pela ausência duma mãe,
outras mãos resvalam pela finura dos seus braços.
Deixa-se ficar numa cegueira intencionada. É-lhe mais
deleitoso crer nos desvelos da mãe renascida, no enleio
do amante encontrado. Que a vida pode vir despida de
bonança. Vale aos homens a loucura. Ou fé.

O farol está vazio há uns dias.
O mar tem-se encrespado e não há corpo que entre
nele. Os homens mareantes fiam-se que Luzeiro foi
levado pela maré, num daqueles desvarios de abismo
adentro. As mulheres testemunham, no seu silêncio
desistido. As mais ardentes, mordem outra suposição
com os dentes calados. Também os velhos de memórias
e mentiras contam doutra maneira. Que Luzeiro terá
ido aonde sempre quis. Aos outros lados do mar, na
companhia de deus. E daquela amor tão imperfeito.
Ou outro, que o amor nem sempre está onde se espera.
Maria Morta vai às bainhas da lha, diz adeus ao infinito. Talvez saiba de Luzeiro. E do amor. As saias cla-
ras rodopiam aos ventos perfumados, o coração amor-
nado pelas ardências dum quase vulcão. A boca liberta-
-se em poesias, os olhos em vontade.
*Vai, Luzeiro. Desencova os teus silêncios. Também eu
ressuscitei dos mortos.*

É nova viagem, esta. Que a vida se faz caminhando. Pelos trilhos da terra, pelos trilhos do íntimo. Com os pés do corpo e os pés da fé. Maria Morta sabe já o que o espera, no continente. Uma campa bordada pelos líquenes, um corpo afeminado quase comido. Que a viu chegar à ilha ainda há um punhado de dias. Voltou, com as mesmas malas levadas. A terra dos outros lados não foi macia, longe daquele lugar não foi defunta por inteiro. Só metade. Violante veio para morrer mais um bocado, num ventre aveludado pelas águas do mar. Não disse a Luzeiro por bondade ao homem dos mares bravos, também intenção. Que por ele ainda o peito pulsa, dele ainda quer amor.

*Vai, Luzeiro. Açaima a tua esperança como a um cão raivoso. Tem vezes, nem a perseverança traz o que se espera.*

Com uma canastra de frutas, Maria Morta tem cerco no mercado. Curta clientela, que o seu pretérito perfeito com mortandade é recente. As bocas amargas ainda cospem.

*Velha louca.*

Maria Morta areja os lábios num sorriso, metida em trapos mais graciosos com flores e cheiros frescos. Parece mais nova. E mais noiva, também. No entretanto, faz caramelos e doces para as crianças em camisas e pés nus, essas de coração destapado dos preconceitos e cobardia. Já não fala com os mortos. Mas escuta-os, ainda. Aqueles sussurros que as gentes agradecem a deus por brisas amenas. Antes beijos dos antigos, saudades dos mais discretos. Interrompe-se nos entendimentos. É outra hora, agora. E tem já principiante, de bom fardo. Que veio rapariga de fé.

Os livros secretos da ilha também contam sobre lendas e certezas.

Dos homens descobridores e de amantes forasteiros. Aqui, é terra de gaivotas e milagres. Onde mais nenhum coração viu esperança, outro viu amor. E veio. Antes dos portugueses, antes de deus talvez. Que a densa floresta engana. Demorou-se a língua dos homens a provar os encantos deste império, lugar de virtude e pecado. Salivas amargadas que o doce do fruto amansa, corpos refrescados nas águas pelo calor do desejo. Os pés entram nas areias pardas que falam do mundo, as terras fumam por vontade do criador. Quando o rapaz estrangeiro estendeu a mão ao amor, a ilha curvou-se num regaço de mãe. As chuvas correram por graça, as nuvens carregaram-se numa salva de puridade. Talvez por engano de deus, que também é imperfeito. Que a delicadeza da rapariga terá sucumbido a tanta salva e alegramento. Há quem diga por falta de alento. Ou fé. Que a ausência de amor é isso mesmo, o coração pede crença e vontade. Aqui jaz o primeiro homem a morrer de amor, nesta ilha. Passou a guerra dos cem anos. Outros cem terão vindo. Dizem os velhos que ainda procura mulher com virtude, de colo fértil para tantos desejos. Também imprudente, que as subserviências na vida assim perguntam. Supor em divindades poderá ser loucura, sim. Quem julga aquilo que não vê? As profecias, os santos, o criador. Os mortos, os pecados, o diabo. É rapaz de entendimentos amplos, aquele. Antediz sobre os amores maiores, a ordem natural das coisas. Essa ardência pelos outros, ardência por cada um. Pelas terras, pelos ares. Ardência nos próprios mares e íntimos dum simples homem. Esse amor que nos sustenta e tempera, também liberta dos alinhavos da existência. Esse amor que nem deus sabe desmanchar, de tão inteiro. Talvez o dito amor verdadeiro.

Benvinda terá adormecido nas escadas do jazigo. É a velha das flores que a desperta, num abano assustado.

*Credo, rapariga. Como podes dormir no leito dos mortos?*

Nos olhos de Benvinda está latente um ar sereno. Levanta-se, num sacudir calmo das vestimentas. Arruma o lenço.

*Não tema o que não conhece, senhora. Este é um lugar de amor.*

A velha embravece-se.

*Ainda folgas comigo, rapariga? Ou terá essa mulher do diabo endrominado a tua cabeça fraca?*

É a Maria Morta que acusa, já liberta dos seus encargos sagrados. A rapariga cala-se. Não diz. Segue a velha pelos trilhos, ainda olha atrás. Pelo pescoço, uma brisa amansa a agonia. Ela sabe. É ele. E agrada-se nuns lábios humedecidos. É bem verdade quem diz. Vem o amor onde menos se espera.

*Vai a casa que o teu pai se aflige. E leva esta canastra de morangos e uma anona. Come e alivia-te, rapariga. Que deus te castiga por tanta leviandade.*

Benvinda corre numa leveza única. Quando chega a casa, a voz acontece.

*Benvinda, minha filha.*

A rapariga tem o peito salvo. Deixa cair em si a condição de pai. Os braços do homem envolvem-na como raízes, topa-lhe o corpo gelado.

*Estás arrefecida, filha. Como corpo sem veios.*

Ela sabe.

*É coisa de amor.*

O homem encrava-se em cuidados.

*É bom rapaz?*

Ela conta o que se quer ouvir.

*Aconselha os princípios da fé.*

O pai alivia-se.

*E teme a deus, então?*

Umas mãos a estreitam entre os dedos.

*Enfrenta-o. Que os medos só desfazem a grandeza dos homens e a divindade da fé.*

O pai curva-se, coração embargado. Na garganta, fica pendurado um pranto adiado. Dos olhos velhos, as lágrimas lavam o que nem as rezas. O coração mais seco do orvalho, os pés mais leves. No ombro acetinado, Benvinda sente o beijo. Liso. Vindo duma boca desamarrada, sem açaime. É ele. E dá-lhe a mão num bem-querer quase perfeito, entre as origens daquela ilha e os filhos daquele mar. Homem e mulher, na sua circunstância de maior graça. O velho desata falas e falatórios, Benvinda oscula e acredita. É aquele o amadurecimento dum grande amor, sumido ou descoberto. O coração chega aonde mais ninguém. Diz nas línguas de dentro, toca o invisível das coisas.

Na terra dos homens, um faroleiro amansa o mar e vai mais adiante. A mensageira dos antigos embrenha-se na vida com cheiros e sabores. Um homem mudo volta a falar e conversa com a morte. O rapaz que veio depois dela e conta das imperfeições do gentio. Benvinda, que das cinzas se fez mulher de fé. E entregou-se, num voo sem retorno. Braços asados ao encontro do riso de deus. Uns, dizem-na sumida. Outros, libertada.

# NA TERRA DOS HOMENS

É terra de chuva rara, aquela. Despejada. Ausente. Um ventre seco, sem pouso nem sopro. Criança sem atilho umbilical, raiz sem vaso. Ou mão cuidadora. Naquele lugar, os tucanos suplicam num chilreio morto. As árvores andam, no desespero por outro chão humedecido e misericordioso. O homem vem numa nudeza inocente, gente sem luxo nem vaidade. Apenas o punhado de poeiras que a vida consente, sem cobrança. Nos pés, a leveza dum espírito libertado. Sem dono nem escravos. As mãos abertas. Vazias. Imploram. A deus. E ao estrangeiro, também. Na choupana de colmo provisório, o mensageiro da paz espera e tempera as revoltas da gente. As madeiras perfumadas inebriam as narinas do rapaz. Divisado. Tem encargo importante. No bolso descorado da camisa, o emblema da comissão internacional dos direitos humanos. Sem bandeira nem padroeiro. É utopia vinda de todos os lugares, sem estirpe nem mandato. Com o mesmo sorriso plácido nos lábios, o estrangeiro fala no linguarejo deles. Que o íntimo assim quer. E obedece.

*Homem Flor, o que desconcerta tanto o nosso principal?*

O velho tem ardência na vista, labaredas de desesperança.

**amargo, _adj._** que amarga; azedo; **_fig._** desagradável; custoso; triste; duro; áspero; desabrido; **_s.m._** o sabor amargo; saibo parecido ao absinto, ao fel, ao quássio e ao quinino; — **s de boca:** arrelias; desgostos; sensaborias.
(Lat. _amaricu_, de _amaru_).

_Ainda um punhado de tempo ido, um riso sardónico seria o meu dito perante a suposição dos meus pés pisarem terras sem estrada nem luz eléctrica. Com tanto de espontâneo como de irónico. Lugar de chuvas inundadas e estiagens estreitadas. Na cidade, o defeito do gasto estava em inteiro medrio no meu ventre. Como a mulher parideira, em aliança com o diabo. As mãos viciadas. Pelos luxos. Volantes de pele rara. Mulheres de cheiro ordinário. Vulgar. Também a boca corrompida. Ordens. Drogas caras. Falas sem o valor dum único tostão. A gente era simples parte duma engrenagem perfeita para me servir. Bem. Pessoas baratas, sem exigências. Apenas respiram o ar do mundo. Murado por prédios e festins, a mente desocupada de interesses pelas leis da fome. E da sede. Fórmula simplista na necessidade. Crianças de moscas no canto dos olhos, bebem as lágrimas com avidez. Velhos de morte adiada, sem um colo onde dar o último suspiro de esperança. Nunca pensei que cada um destes corpos magros teria um nome. Um coração. Com vontade de amor. Tam-_

*bém. No reformatório, prendido por posse de coisas ditas proibidas, folhas e pós ilegais, cuspi na cara polida do dito doutor nas suas falas sobre pena e afazeres comunitários. Em nome da paz.* Tenho ares de escravo? Anote no seu caderno de apontamentos o número de conta do meu pai. Com numerário muito para apressar o meu internato num hotel aparatoso. *O homem limpou o sujo da minha boca com tolerância. E placidez. O meu coração fica quebradiço. Suspenso por um cordel fino, quase a ser cortado pela tristura nos meus dentes. Fechados. Numa caixa de silêncio. E culpa. O homem sai. Ainda diz.* Voltamos a falar quando estiveres libertado desse tormento. *É quando o nublado da minha cabeça desanuvia. Afinal, não é a luxúria do mundo que nos tem vivos. Alegrados. Mas a simpleza de todas as coisas. Do mais vazio abraço ao beijo inflamado de saudades. No dormitório, fico. Ou deixo-me ficar. Metido em perguntas e rancores. Debaixo dos olhos do vigilante. Do caixote do lixo, trago os bocados de papel rasgado. Livros da estante do meu pai. Advogado. Dono das leis. Afinal, só escravo delas. Com o mesmo cuspo atirado à cara do senhor doutor, ajunto cada página. Cada capítulo. Livros dum regime de direito. Teoria geral do direito civil. Manual de retórica e direito. Direito internacional e comunitário. Leio. Num frenesim que confunde a noite e o dia. E já não é o perfume intenso das mulheres de vestidos de seda que me inebriam, nem a pressa num volante equipado com aparelhagem inédito. Quase. Mas aquele acumulado de papelada sobre a mecânica do mundo. O mesmo mundo onde pelas mãos diluía notas no casino e*

*mulheres mirram pelas amarguras dum útero seco. Ou des-*
*mantelado. Quero ver o homem branco. O senhor doutor.*
*Vem com a mesma vontade. E interesse. Coração esticado.*
*Sei que uma bofetada seria pouco, em mim. Mas não. Per-*
*gunta. Com benquerença.* Como está o teu íntimo? *Tenho*
*pressas nas falas. Digo sobre a tirania e opressão. A decên-*
*cia e direitos idênticos para um mundo de liberdade e paz.*
*Fé nos direitos fundamentais da pessoa humana e na von-*
*tade dos homens em criar medidas progressivas de ordem*
*natural e universal, com correspondências amistosas entre*
*as nações. O homem sorri. O meu instinto ainda deslinda*
*escárnio. Mas não. O sorriso dele é de estima. E os meus*
*olhos podem agora ver o que nunca viram. A outra metade*
*da vida. A metade da virtude.* Estás livre. Vai em paz. *E*
*vim. Contra o mandato do meu pai, servidor das leis e prin-*
*cípios. E da minha mãe, prisioneira dum amor com medo.*
*O medo prende. Ata. Definha, também. Quando os meus pés*
*pisaram estas terras sem estrada nem luz eléctrica, o meu*
*coração abrandou. Sítio sagrado, onde deus é generoso*
*ainda. E a gente lhe perdoa o poderio imposto. Sem elei-*
*ções. Empório imaculado. Virgem com sede. Mato sem dono*
*nem vícios. As terras assentam com o peso do meu corpo.*
*Escrituram o meu nome. E eu sei. É aqui o meu lugar.*

**amor, s. m.** sentimento que nos impele para o objecto
dos nossos desejos; coisa da nossa afeição; paixão;
afecto; inclinação muito forte; ambição; cobiça;
culto; *mit.* Cupido; – **possessivo:** amor que procura estancar o outro para si; – **oblativo:** o que se

dedica a outrem; – **próprio:** sentimento de valor pessoal; orgulho; – **livre:** o que repudia a consagração religiosa, legal ou qualquer outra; **por – de:** por causa de; **por – de deus:** por caridade; **ter – à pele:** não comprometer a vida; ser prudente. (Lat. *amõre*).

Na choupana de colmo provisório, o mensageiro da paz desvenda as falas daquela língua desgastada. Agora, tem o coração desagrilhoado. Vê além dos soldados e da mentira. Deslinda os engenhos do corrompimento. A propaganda com erros ortográficos e de vontade. Aquela gente é santa, peito lavado pelas mulheres limpas por dentro. Os estadistas de gravata desarranjam a virgindade naquelas bocas. Que mordem, agora. Por revolta. Que a terra é coisa íntima. Não pode ser tirada, com papeladas e argumentos. Fica o homem desocupado. Corpo sem miolo. Usurpado o tutano da alma pelas imposições militares. Sem aviso nem consentimento. O velho está descarnado, um andamento demorado. Fala numa cadência com tristura.

*É esta dor, Muzungo.*

Assim chama ao estrangeiro. Muzungo. Ou homem branco.

*Esta dor. Entranha-se no corpo como acúleos duma roseira brava.*

O rapaz pousa o rosto no peito do velho. Demora-se. O respiro é lento. Como um deus sem pressa.

*Bate, Homem Flor. Ainda bate.*

O homem segura as mãos do rapaz. Dedos compridos, estreitos. Como galhos duma árvore despida. Mas com grandeza no aperto, pessoa inteira, sem fendas no lenho da virtude.

*Muzungo, a ruindade não está em mim.*

O rapaz bafeja, num bálsamo de esperança. Aquela gente vai por outros trilhos na conversa. Metáforas. Ou linguagem do universo, com siso e agudeza nos sentidos. No seu desatavio de rapaz ainda broto, engendra amansar aquele sofrimento com verbos levianos. Falas sem certeza.

*Tudo se conserta, Homem Flor. Tudo se conserta.*

O velho perdoa, complacente. Suplica, ainda. Protesta, também. Língua metida na boca, mãos com terras secas e ardentes. O rapaz bem sabe das controvérsias naquele lugar. As águas curtas. A morte furtiva. A desarmonia escusada. O contratempo pelo amor corrompido. Doente. Mais o prazer cercado por redes e arame farpado dos homens principais, governadores do destino. Com avareza e cortesia ensaiada por embaixadores também estrangeiros. Com etiqueta e prosa cinzelada ao ponto e vírgula. O velho tem desalento na voz sumida, ajoelha-se perante as alturas.

*É o mundo a morrer, homem branco. O mundo a morrer. E deus chora, o mar se adianta. Assanhado. Com vontade de nos engolir sem brandura.*

E maldiz.

*Bem merece o homem devorador até da própria alma. O homem devora a própria alma, Muzungo.*

Das pálpebras, floreiam lágrimas como diamantes dum luzimento invulgar. Chora, com os olhos metidos nos pés. Por respeito. E pudor. Que o mundo se entorta nas mãos da gente. E deus acusa, esse criador perfeito e complacente. Também. A engrenagem da vida descarrilada, o entendimento anda desacertado.

*É esse o princípio de todos os fins.*, ainda rumoreja. *É esse o castigo dum deus irado.*

E esvaece por entre tantas outras bocas no carreiro de espera. Vai, é o mato mais adiante. Onde o instinto governa as leis dos homens e o universo parece falar. O estrangeiro fica comovido.

*Estará louco, o velho.*

Outras vozes falam, precisam. A criança emagrecida. Com carpido afiado. A mulher tolhida, com o coração estreitado. O cão sem latido. Mordido. O gato ordeiro, sem unhas nem miado. O rapaz pede ordem, tenta milagres. Uma simples gota de água é prenúncio dum bom deus. E escreve, com minúcia e talento. No caderno de anotamentos. Empoeirado, dos redemoinhos e vendavais. Mensageiro em nome das coisas mais simples com tanto de desejoso, também. Luxo e outros pecados, que as entranhas se inflamam por glória. Tem vezes.

*Talvez estas memórias num lugar doutro deus venham a ser editoradas. Talvez a fama se levante ao falar desta gente rara, embebida no desaire gratuito do mundo. Numa engrenagem perfeita. Como a máquina acertada dum relógio, sem ponteiros até. Assim os homens, pormenor na mecânica pura do criador.*

A temperatura alvora, a camisa com o emblema internacional fica borrifada pelos suores dum rapaz ousado. Pingos de renúncia ao vazio urbano. Com enganos e emendas, luxos e miséria. Ainda tem o saibo doce as mulheres da cidade. Os seios levantados numa renda violácea, perfume caro. Cetineta. Organza. E o riso leviano de mulheres com facilidade. Na cidade, as vontades cumprem-se. Alguém precisado as torna verdade. A troco de qualquer bem. É possível ser-se deus, até. Com numerário abastado. Pergunta-se, então. Seria deus opulento? Mas a turbulência dum íntimo descontente levou-o pela mão até aquele lugar. E agora floresce, em terras de silêncio e mistério. Sente-se frutuoso. Apreciado. Nenhuma outra mulher senão aquela terra daria tanto amor.

Pela noite luarenta, a gente encolhe-se. Na choupana de colmo provisório, só o rapaz. Rascunha uns derradeiros textos, compõe as ferramentas desordenadas. No embalo duma lua inteira, ausenta-se nas palavras do velho a rodopiarem nos lábios.

*É o mundo a morrer. E deus chora, o mar se adianta. Assanhado. Com vontade de nos engolir sem brandura.*

Demora o caderno das poeiras e memórias nas mãos. A luz fraca da lanterna avisa adiantamento da hora. Abocanha perguntas. Os pés perdidos. Anda, sem sossego. Pousa as pálpebras, para engano da espertina. Na aspereza dos lençóis também temporários, mete-se em entendimentos e poesias. Rodopia no desconsolo da dúvida. Inventa estórias. Remorde lendas. Levanta-se,

ainda o lobo uiva. E os bichos vigiam com olhos esper-
tos pelas folhagens do mato. Suspeitas. Presságios.
E um velho com falas de profeta. Fica na espera.
*Talvez as terras se prenunciem.*

**mulher,** *s. f.* feminino de homem; fêmea medrada;
esposa; jogo popular; *fig.* homem efeminado; **– da
vida:** prostituta; rameira; **– de armas:** valente; des-
temida; varonil; **– de virtude:** feiticeira; **– fatal:**
que pela sua conduta ou aparência se supõe infinitamente sedutora.
(Lat. *muliere*).

*É o mundo a morrer. Dizem. O mundo a morrer. Na
cidade, essa morte será a descida dos valores da bolsa no
palácio dos números. Ou a contagem dos votos para a elei-
ção do presidente. Mas aqui, os homens falam por segredos.
Labirintos, só um coração limpo decifra. As terras parecem
incomodadas. É um silêncio surdo, sem conversa. Elas gritam. Os homens escutam. Eu falo. Elas calam-se. Os bichos
andam aturdidos, como insectos em torno da lâmpada artificial. Acabamento lento, alegrado. E inconsciente. Os pássaros pousam e levantam. Sem ordenamento. Tem horas
que deus me vigia. Suponho. E encubro-me nas ideias do
pretérito perfeito. Permito que o desejo ainda arda. E assim
espaireço. O aroma das mulheres ordinárias vem aos princípios das narinas. Viciadas. O coração apressa-se. Com
vontades. E prazeres. É a forma de enganar as perguntas
ousadas sobre o mundo. E os homens. As coisas mais ínti-*

*mas das coisas e da gente. O sexo sem amorio. As poeiras narcóticas. O luxo escusado. Apenas formas simples de subornar o espírito puro dum homem na cidade grande. A origem. A morte. O amor. Dúvidas abafadiças que só um punhado de notas em papel sujado pode compor. Abrandar. Como a mão dum dono na boca raivosa do cão. Ou o seio farto numa cria esfaimada. Quando atentos aos pormenores do mundo, o infinito turva os sentidos mais afinados. E o nome de cada um. Mais toda a bagagem de ideias e mentiras sobre nós. Perdemos o saber de quem somos. Deixamos de ser, na nossa oca existência. Na pequeneza dum corpo vivo. Renuncio, então. Ao entendimento das coisas mais preciosas. A deus também. Criador das desvirtudes, acusador do homem mais fraco. Ordem natural, afinal. Criatura deturpada que abafa as incertezas mais infrutuosas no estrado dos pecados. Amenos. Balsâmicos. Como um serão no último andar dum prédio sobre as ruas levianas duma cidade, nos braços imprudentes dessas mulheres com os seios levantados e contrafeitos.* É o mundo a morrer. *Recordo o cheiro delas. Metidas em vestidos de cetim, num respiro desarranjado pelo aperto do tecido. Metal nos dedos. Arames nos peitos. Mulheres que saem. E voltam. A tempo certeiro. Sem prometimento nem artigo. Sem exigência nem julgamento. Apenas a vontade de serem lambidas, a certeza de que as línguas arrefecidas dos homens ainda têm desejo. Por elas. Ou por qualquer coisa essencial nelas que os faz sentir maiores. Com grandeza. Talvez deus também tenha uma mulher. Dessas, da cidade. Com perfume caro, vestido estreitado. Pouso as pálpebras.*

**perdão**, *s. m.* remissão de uma culpa, dívida, ofensa ou pena; indulto; indulgência; desculpa; vénia; benevolência; remissão de culpas perante os pecados; **com** — : com licença; **pedir** —: fórmula de delicadeza usada para pedir desculpa, mais quando se terá cometido um acto imponderado ou involuntário.
(Do verbo arcaico *perdõar*).

A manhã começa devagar. Ali, o tempo tem latejo incerto. Tanto desata em correria, por entre as folhagens do mato. Como rasteja, boca com poeiras e rizomas. O estrangeiro estica os braços, larga o bafo duma noite invulgar. Um sono lento, acordado. Como se o privado flutuasse por outra gravidade. Curiosamente, os ares daquele lugar também se adivinham diferentes. Cheiram a medo. E culpa. Um olor doutros tempos, ainda metido num reformatório com malfeitores e sentinelas de mulheres metidas em rezas piedosas no seu abandono. E desamparo. Controvérsias afinal triviais. Costumeiras. Em terras de cidade. O rapaz estranha. Mas engana a suposição. Como faz sempre que o coração avisa. O temporal íntimo encova qualquer rasto numa sepultura de verdades. E ventos. Levado nos entulhos duma tempestade artificial. A mulher dos seios escorridos traz o cabaz habitual de frutos e raízes, metidos em folhas dum leite doce e flores ordinárias. O sorriso dela abre-se entre o agradecimento e a imposição, num corpo ligeiro mas bem vincado. Curva-se, culto de um deus. Ele consente, por cortesia. Também despido, abeira-se do cabaz na mesa provisória. Sente o aroma exótico num respiro urgente, um bálsamo para o espírito com dúvidas. A mulher espera. Pelo assentimento. Nas mãos, leva um punhado de arroz merecido. No peito, os seios soltos. O estrangeiro repara sem impulso. Ali, os desejos de dentro refreiam-se na liberdade. Aprende-se a querer só o que o coração diz. Nos galhos floreados, as araras vozeiam. Gritam.

*Prosas de bichos.*

E encara aquele empório de árvores e gente com os braços aliviados. É lugar santo, aquele. Ouve sobre a dança do fogo. E o canto dos mortos. Com os lábios humedecidos pelos frutos maduros, pergunta. O homem conta. Pela madrugada, os rostos tingidos dum sebo escuro. Os braços untados com resina e penas largadas pelos pássaros. Ou mortos. Que ficam com asas depois do derradeiro bafo. As mulheres cantam com chocalhos nas mãos. Os homens dançam em torno dos troncos ardidos. Chamam pelos antigos. Demandam erudição. Com o sorriso pedido pelos defuntos antes da morte. Aqueles que vão querem o povo contente. E exuberante. Ornamentado com aquilo que o mundo dá. E a alma sente. Gritos de alegria. E agradecimento. As mulheres fazem colares de flores raras, braceletes de sementes perfumadas. Soltam os cabelos sobre os peitos esvaziados. Os homens vestem saias de folhas de palmeira. Os troncos ardidos são carregados para as cercaduras do rio, que a correnteza se apodera. E leva.

Os homens e as mulheres entram nas águas, em silêncio. Eles pedem virtude. Elas fecundidade. E assim se espera pela sentença de deus. O rapaz fica suspenso na estranheza, depois de uma noite de aparente placitude. Limpa as mãos aguadas em sumo no único trapo da choupana. Veste a camisa com o emblema bordado no bolso, confirma as datas dos curativos e outros pormenores trazidos da cidade. Tem o Homem Flor na cabeça. Mais a dança do fogo. E o canto dos mortos. Num desapego inesperado, hoje sente-se mais estrangeiro do que ontem. Lembra-se da cidade e daquele prédio acima de todas as luzes. De todos os olhares. E fareja o medo.

As crianças correm pelas terras, sem sapatos. É assim que aprendem a falar com o mundo, pelos trilhos do seu ventre. Nos pés, uma bola também improvisada com uma meia de algodão branco e bolotas tomadas do mato pelos mais velhos. O jogo é inventado, com outras leis. O rapaz demora-se no entendimento. Sem vencedores nem vencidos. Numa correria pelo mesmo sangue. Pelo mesmo riso. Na cidade, o lugar para os abatidos é o asilo. Ou a miséria. Escreve no caderno de anotamentos. Faz rabiscos. Esboços.

*Aqui, até o mais simples jogo supõe grandezas divinas.*
E carrega no ponto final. Como se não soubesse o que ainda vem.

**morte, *s. f.*** acto de morrer; termo da existência; acabamento; homicídio; fim de vida; *fig.* causa de ruína; devastação; intenso desprazer; pesar profundo; pena capital; – **aparente:** estado de inércia e insensibilidade absolutas; **às portas da –:** pronto a morrer; – **civil:** perda de todos os direitos e regalias sociais; **de má –:** de pouco valor ou escassa importância; **até à –:** com a resolução de fazer uma coisa e ela permanecer constante; **em artigo de –:** prestes a ser defunto; **estar pela hora da –:** custo excessivo; **ter a – no coração:** ter um grande desgosto; **ver a – diante de si:** num momento de grave perigo; **pensar na – da bezerra:** estar ausente. (Lat. *morte*).

*No reformatório, os homens falam de desamor. E raiva. As mulheres choram. A língua morta na boca. A culpa é engolida. O absolvimento também. E o silêncio conspira naquele lugar de paredes vazias. O doutor veste todos os dias a mesma farda branca. Sem cor. Numa ausência de intimidades e julgamento. Tem um sorriso plácido, também ebúrneo. Luminoso. Mas um coração aturdido pelos vícios vê o branco como insustentável. Sofrido. Os homens ensombram os olhos com as mãos. Pedem escuridade. E retiramento. Solidão. O doutor fica. Embala os medos nas falas puras. Limpas. Como folhas de papel lisas onde se lêem poemas. De dentro. Daqueles que salvam um penitente. E saem por dever. Ofício. O artesão dos loucos.*

*Aqui, o branco é luz. Nudez.*

*Aqui o homem obedece. E deus cumpre.*

**deus, *s. m.*** divindade; coisa sobrenatural que os homens devem venerar; o ser absoluto, infinitamente perfeito e eterno; criador; causa primeira e última de todas as coisas; *fig.* pessoa que, por atributos únicos, sobreleva aos seus semelhantes; objecto de um culto ou um desejo ardente; **ao – dará:** à ventura; à toa; **– nos acuda:** desordem; tumulto; balbúrdia; **nem à mão de – padre:** por forma nenhuma.
(Lat. *deus*).

Com a noite, vem as falas do velho. Suspiradas na brisa áspera, quase ardente. O rapaz obedece. Vai, numa vontade acidental. Pelos pés ligeiros, é levado ao lugarejo da gente. No mato. Onde a morte é coisa simples. Natural. E as águas se adiantam, a terra grita. O perfume a jasmim lembra os braços das mulheres da cidade. Os tecidos desbastados, rentes ao corpo. As pulseiras de metal precioso a tilintarem nos pulsos finos. O rapaz fica em memórias e prazeres.

*A fraqueza do coração dum homem é a boca em ardimento duma mulher.*

Fica prendido a querenças e desejos, enovelado num bafo de liberdade. Gira em torno de si com as mãos abertas. A lua vigia, avisa sombreados. Um vulto. No estrangeiro, o coração parado. É o velho a figurar, num impulso inesperado. *Rapaz.* A máquina do bem-querer apressada, aturdido. Abranda o latejo. Reconhece os riscos franzidos naquele rosto.

*Homem Flor.*

O velho sabe.

*Vens pelo mundo em morte declarada?*

O rapaz fala sem verbos. Nem vírgulas. Assim é o universo, num palavreado que só o coração entende. O mato é interdito a estrangeiros. Ele devia saber. Mas o velho desbrava os trilhos.

*Vem, Muzungo. A língua do mundo espera-nos.*

O matagal agiganta-se num muro pardo de arbustos e medos. O velho pisa aquelas terras amargas com os pés nus, sem armas. É um poema de amor, aquele. A sintonia perfeita entre o homem e a ambiência. Com simpleza. E respeito. Os tucanos ouvem-se. As rãs também. É lugar sagrado, aquele. Ata os olhos, apertados. Torna a desatar.

*Parece coisa e ilusão.*

Dos contornos do relento, os olhos dela incendeiam-se no luar argênteo. As mãos delicadas levantam o vestido leve, num pano sujo. Anda desassossegada nas águas pardacentas daquele ancoradouro, pessoa com alma de rio. Parece desprendida, além daqueles homens.

*Quem é, Homem Flor?*

O velho rumoreja, com enamoramento.

*Mandisa, um rebento de mim.*

O rapaz suspeita.

*Filha, Homem Flor?*

Ele poetisa, embebido numa vaidade sensata.

*Mais. É uma oferenda de deus.*

Pausa.

*Talvez o criador se sentisse em dívida para comigo.*

Ri, tem suavidade nos dentes desacertados. O rapaz ri também, por estranheza.

*É povo raro, aquele.*, pensa. *Devoto a um deus também homem, também culpado.*

Pergunta.

*E por que anda nas águas na madrugada em flor?*

O velho conta, num concubinato proibido com homens brancos. Segredos interditos a estrangeiros, escusam ser vendidos a punhados de diamante.

*Fala com o universo, Muzungo. Fala com o universo.*

Ela choraminga, num timbre de tristura. Nos lábios orvalhados, uma sensualidade desponta com naturalidade. O rapaz tem encanto na ponta dos dedos. Vontade de tomar nas mãos, agora também devoradoras. Avidez. Poderio.

*É bonita.*

E fica amarrado no fio de malmequeres vulgares vencidos na macieza do peito dela.

*Mandisa tem defeito.*, fala o velho.

O mensageiro desacredita, na intemperança dos olhos.

*É defunto gracioso, tão como o espírito ardente dentro dele.*

E continua.

*Seduz os homens, inflama os desejos corrompidos de cada um. Sem propósito. Que a sua incumbência é deslumbrar os íntimos pela inteireza. E virtude.*

O velho demora-se nas danças da rapariga, sumida nas águas num afundamento com a leveza no voo dum colibri. E vai por entre as folhagens e lianas penduradas no tecto do mundo. Reza, mãos pousadas nos troncos desconformes das árvores também desgastadas. E despidas. Quebradiças. Beija as raízes, lábios metidos em súplicas que só deus entende. Nas mariposas da noite, vem os conselhos e dubiedades. Asas desfeitas em poeira, por ausência de respostas. E verdades. O velho parece ter sido devorado pelo mato, o rapaz abandonado aos silêncios desvendados. Pelo instinto do medo, volta pelos trilhos ainda marcados pelo andamento delicado do Homem Flor. Os bichos murmuram grasnidos e segredos. Os galhos assobiam no vento, uivam. O rapaz tem intenção de rezar, num pressentimento de grandeza. Um outro deus. Maior. Naquelas terras, o homem não manda. Obedece. Faz o sinal da santa cruz. É quando a luz fraca da choupana de colmo aparece, como uma estrela num céu pardento. O coração dele alivia, ainda certo que pelo mato ficam outras criaturas. Não olha para trás. Talvez vigiem olhos luzentes, mãos esganadas. E línguas lambam aquele ar quase insuportável. Com aroma a mau prenúncio. E culpa. Quando pousa o dianteiro pé no casebre improvisado, respira com comodidade. É ali o lugar dele, afinal. Senta-se na cama de lençóis ruços pelo tempo. E outros mensageiros enviados. Será ele dos últimos, que os financiamentos para a paz parecem vir contados agora. Pelo postigo da choupana, a lua in-

teira. Ainda. Lembra a rapariga. Faz por esquecer.
Traz os perfumes das mulheres das cidades. Os tecidos
de cetineta e seda. Os cabelos soltos e enovelados. Os
olhos de Mandisa brilham na sua cabeça. Levanta-se.
Anda. Escrevinha. Deita-se. Os olhos de Mandisa.
Cede. Ao amorio. Vontade por conúbio. Afigura. Vida
engrenada, mãos dadas. Mandisa num vestido de cetim.
Longe dali, daquelas terras amargas onde os mortos se
pronunciam e os vivos mirram calados.

*Amanhã.*, a si promete. *Amanhã.*, a ela promete.

E, num afago nos braços da noite, o rapaz se adormenta entre insectos engolidores e fragrâncias de flores
ainda secretas. Sonha. Ou prediz. Pés metidos no rio,
chama.

*Mandisa.*

A rapariga vai sem freio, adiante. Afundada até ao
peito delicado, onde um coração puro bate. A morte
canta uma melodia de criança, a boca dela fala. Por uns
lábios ainda mais polposos, numa volúpia com ardimento invulgar.

*As águas devoram, o ventre do mundo pede sustento. Os
ares acalentam-se, como se labaredas do inferno. O homem
desarranja, mãos perfeitas sujadas pela culpa inocente.
Deus perdoa, quando as lágrimas geladas do diabo desen-
torpecem. E inundam as terras virgens, ainda com sementes do amor raro.*

O luar fica mais pardo.

*Mandisa.*

Ela continua.

*O mundo morre aos olhos das crianças, sem pudor nem absolvimento. Os bichos encolhem-se, aturdidos. As árvores mirram, tombam sem tutano. Nem sombra. E assim o coração seca, num amargor calado. Ira. Rancor. E um universo com princípio quase acabado, onde a chuva já não cai.*

O rapaz chora.

*Mandisa.*

E o vestido fino vem no alúvio, os dedos dele prendem o pano ruçado. Sem corpo. A rapariga é comida, nua. Como qualquer broto vindo da mãe. Imaculada.

*Mandisa.*

A voz do velho suspira, como se vinda das árvores gastas do mato.

*Muzungo, mais que o amor por uma mulher, é aquele por um mundo inteiro. Mandisa não pertence ao homem, mas ao eterno infinito.*

Ele revolta-se nas lágrimas desapertadas, com sanha. Desamor. Grita.

*Mandisa.*

O eco comove as madeiras perfumadas da choupana. Gemem, também. E o rapaz acorda com o telégrafo, desusado. A máquina de conversa com o outro lado do mundo. O sustentável. Ou previsível, como a maçã caída no pomar. Tic-tic-tic. Tic-tic. Tic-tic-tic. Levanta-se, o corpo molhado. Chuva. Ou choro. A mensagem vinda da comissão internacional é desemaranhada com reparo. Fala de águas. Gente. Prenúncio. O degelo do universo. E o inevitável engolimento daquelas cercaduras, por levantamento dos mares. Sem aviso, é ordem. A evacuação imediata. Do povo, por caravanas simples. E um aparelho voador, privado, ao dispor do enviado branco. Ele contraria. Não quer. O coração tem engrenagem outra, agora. Sem tempo certo. Que esse, só se contado. Tem vezes que anda apressado, outras devagar.

O suor frio efervesce na sua pele acalentada pelo sangue ardente. Fica num silêncio amedrontado. Numa bravura latente. Metida.

*Degelo.*, soletra.

Sabe. É palavra inventada pelos entendedores em nomenclaturas para o desarranjo íntimo do Homem Flor. Na ausência doutras memórias, tem Mandisa na caixa da lembrança. Vestida. Num tecido fraco. Descorado. Sem nudeza. A desgraça da hora pede maneiras. Respeito. As terras se diluem na língua amarga de deus. Assim os homens. Quase de pés adiantados pelo despenhadeiro da morte. Com o lanternim fraco, vai pelas choupanas de colmo provisório. Acorda aquela gente santa, vazias de ruindade. Talvez por isso magras. E leves. A bondade traz leveza. O rapaz fala alto.

*Urgências. O mundo se dilui.*

Repete, com a boca sem fome.

*O mundo que se dilui.*

As mulheres de seios apontados ao chão pardacento levam as crianças no colo, nesse fio onde o ventre se funde com o coração. Os velhos assentem, as pernas querem ficar. O corpo já não pode. Os homens falam com deus. Perguntam-se pelas desculpas do criador aos servidores daquelas terras doces. Agora, assim. Azedas. Apontam o dedo. Culpa. Tua. Homem como nós. Ruim. O estrangeiro não tem tempos para julgamentos e sentenças. Corre. Avisa trilhos. Lugar.

*Por ali. Virá gente branca. Em salvamento. Por ali.*

O mundo treme. As águas levantam-se. Engolem as raízes das origens. As mulheres rezam. Os seios murcham. As crianças choram. Os velhos cantam. Sabem. É assim. Só os homens se revoltam. O rapaz pede pressas. Eles andam devagar. Insultam a divindade. Com trapos, cobrem os corpos nus. No peito, o roubo da liberdade. Escravos. Da própria humanidade. O rapaz procura o profeta dos prenúncios. E Mandisa. Avisa trilhos. Lugar.

*Por ali. Virá gente branca. Em salvamento. Por ali.*

Sabe aonde vai, depois. Sabe onde a mulher o espera. E o velho se embrenha. No mato. Onde outro mundo começa. E deus ainda aparece.

Na cidade, a notícia é vista do último andar num prédio de luxo. O porteiro estático, espera a hora de partida. Fardado, pensa na morte do pai. E no filho com doença rara. Enquanto acontece no mundo. E ele ignora. É proibido ver televisão no serviço. Na sala com decoração contemporânea, os homens fumam cigarros traficados por pessoas metidas na miséria. Riem alto. As mulheres mostram jóias que os escravos procuram nas lamas dum lugar qualquer. E as crianças limpam com as mãos ainda sem pecado. Falam em coincidência, não se percebem. Fingem perceber. O presidente aparece na reportagem principal. Tem os olhos maquilhados. Elas notam. Os homens escutam. Elas apontam com as unhas envernizadas. Eles bocejam. Com os lábios viciados pelo discurso comercial, o político lê as enfiadas de letras escrevinhadas por alguém que não gosta de andar de avião. E não sabe do cheiro daquelas terras. Nem da grandeza daquela gente. Os homens acendem outro cigarro. As mulheres aparentam interesse pela entrevista, elegem no silêncio a roupa para o dia de amanhã. Os sapatos brilhantes com o cinto de seda. E o perfume de magnólias mais o soutien com arame e esponja. Os homens recordam o estrangeiro, criatura de costume naquele andar aos céus da cidade. O tempo corre certo. Na cidade, o tempo traz deslembrança. Ou desprezo.

*Ele está lá, não está?*

Nenhuma boca responde. Ficam a morder o azedo da deslealdade. Do desamor. Nas oficinas de impressão, os directores dos jornais cismam com a primeira página. Pousam a cabeça leve nas mãos. Gritam.

*Dizem as percentagens da psicologia do comércio que é a parte mais cotada no sistema de vendas.*

O punho contradiz a madeira estrangeira da secretária.

*Que seja desumana, então. Rude. O desaire na capa.*

Os empregados com salários atrasados concertam os títulos. E o tamanho do carácter. Fazem telefonemas a fotógrafos furtivos, negócios clandestinos. Secretos. Os vendedores da própria alma incumbem-se. Retratos sisudos. Sinistros. Sim. E agravamentos. Suplementos. Mais. Nas colunas do meio, o presidente. Do melhor ângulo. Riso perfeito. Os investigadores no mesmo branco da bata do doutor. Um relatório sempre inacabado. Com ajustes pela lei da relatividade. Os gráficos rabiscados, sobrepostos. A nomenclatura científica que todos supõem saber. As conferências num auditório inaugurado, com cadeiras de madeira indígena e tecidos indianos. Nas paredes, o nome do presidente. E, em letras mais curtas, o problema. Em certo degelo. Como os olhos dos ouvintes, convidados a desentender aquilo que o mundo cospe. Saliva amargosa. Azeda. Por aviso. E desgaste.

> **esperança,** *s. f.* firmeza no conseguimento de um bem desejado; acto ou efeito de esperar por uma coisa que se quer; suposição; virtude que inclina a vontade de confiar na bondade e grandeza divinas e acreditar na vida eterna pelos méritos de Cristo: **andar de – s:** achar-se prenhe.
> (Lat. *sperante*).

*As crianças têm nos olhos as labaredas do medo. Pupilas lambidas com ardência, perguntas sobre a complacência do criador. Fora do ventre das mulheres parideiras, são rebentos sem dentes. Diante, as unhas do diabo. Desapiedado. Sem pudor. Nem enternecimento. Outras leis de existência. Os seios escorridos delas balanceiam no andamento espavo-*

*rido. Em correria para um lugar sem cordas. Onde a nudez é pecado. E deus está pregado numa cruz. Sentenciado, sim. Pelo traimento do beijo enganador da boca dum discípulo. E o amor mundano duma mulher sem pedestal. Esta gente deve levar esperança, ainda. Batimento certo. Sabem das falas do mundo, não das falas dos homens modernos. Surdos. Mudos. Íntimos esvaziados. Na cidade, as mulheres vestem tecidos de seda. E perfumes falsos. Os seios escoados tapam-se por vergonha. Naturalidade escusada. Pedem concerto dum artesão de reparos e emendas. Na cidade, os seios devem ser espetados. Tesos. Falsos. Afinal, as mãos dos homens procuram seios sem formato. Seios. De mulher. E encobrem o sexo flácido, quando o corpo se cala. Usado depois com putas. E outras criaturas ingénuas. Sem penugem nas asas, só azar. Têm relógio. Olham a cada minuto para os ponteiros. Na cidade, o tempo conta. E é contado. Os táxis levam-nos aonde esperamos. Sem interrogatório. Às ruas das prostitutas. Ao bairro das drogas. Até ao inferno. No mercado negro, consegue-se tudo. Um bom coração, até. Ou o coração de quem se quiser. Vivo. Ou morto. Fico estancado. Esta gente é pura demais para as ruas com valetas e candeeiros. Vagabundos e cães estragados. Mas é esse o compromisso da comissão internacional dos direitos humanos. Desocupar as terras em horas de mau prenúncio. Despejar o povo para um lugar sem deus. Mas assente. Com pés e mãos. E isentar a consciência dum imposto maior.* Por ali. Virá gente branca. Em salvamento. Por ali. *Os homens acreditam. As mulheres encostam as crianças ao peito seco. Cantam. Os velhos falam com as terras. Levantam-na em punhados, empoam o ar. Suplicam vontade no engolimento. Fim apressado, sem mordimento. Morte contentada. O meu bafo fica prendido. Quero gritar. Chorar, depois. Sem saber. Porque não sei donde vem esta vontade. Mas tenho Mandisa, ainda. Mandisa. Num vestido desfeito. Gasto. Como a puridade das mulheres da cidade. Corrompida. Vendida. Tenho Mandisa na simpleza duma mulher inteira. Sem ornatos. É essa a ordem do mundo. A ordem do meu amor. Respiro. Conto os dedos das mãos. Respiro. Ensaio os meus pés, quietos. Quando vier o aparelho voador, desando. Sei aonde vou, pelos sopros empoeirados destas terras azedadas. Despertadas. Sem papeladas nem dono. Tenho afazeres. O coração assim exige. O meu. E o do universo, dentro daquele mato. Aonde os mortos ainda dizem. E os bichos escutam.*

> **degelo,** *s. m.* acto ou efeito de degelar; fusão; **ser indiferente ao —:** acreditar na generosidade afinal finita de **deus**; estar no mundo com sabor **amargo**; desprezo pelo princípio do **amor**; desrespeito pelo ventre criador da **mulher**; ausência de **perdão**; para a **morte**; sem **esperança**.
> (Universal. *desamor*)

Corre, também nu. Os pés descalços, o mato não aguilhoa. Antes amacia, como um manto brando de mantas e defuntos deitados. As folhagens com bagas purpúreas. E azuláceas. As araras num voo intimidado. Os nenúfares abismados. No mato, nem rasto do velho Homem Flor. Só a fragrância dela ainda vem. O rapaz assenta as pálpebras cansadas, quase mortas. Deixa-se levar pela correnteza das águas. As terras amargas recebem. Devoram. É aquele o fim pedido, num lugar sem fronteiras nem verdades. No mistério duma estória outra, onde as ordens de deus se cumprem. E o homem obedece, por amor. Só por amor. Ao universo. Ou a uma simples mulher. Com grandeza no íntimo. Sem promessas na mão.

E assim o mundo se agua, num chuvasco de enganos e incertezas.

O homem peca. Deus reza. O diabo espreita.

Talvez o coração fale, ainda. Talvez.

Se a lucidez vier. E o homem assim quiser.

Talvez o mundo ainda se salve. E uma criança venha, com esperança nos dedos.

Talvez a vontade acabrunhe os medos, se o homem assim quiser.

Só se o homem assim quiser.

**salvar o mundo,** *v. da possibilidade* fazer com o coração; libertar das mãos avarentas; embalar lugares puros, sem ruindade; oferecer um amanhã limpo às crianças que ainda vêm; amar além do próprio umbigo.
(Urgência. *ontem*)

*Adeus, Mandisa.*

# O HOMEM IMPERFEITO

> *Dizem que um coração amargo come o pró-*
> *prio dono e a mulher empolada o único*
> *marido. Assim é nas terras por onde Cristo*
> *falou, sem esposa nem concubina.*

A barriga leva adianto de lua e meia, num redondo de meia lua. Ou criatura. Que criança nos líquidos tem ainda a alma desatada, solta. Procura bom corpo de doce agouro. Os dentes furados do bicho adiantam, os santos não dizem.

*Gaiato. Ou catraia.*

Os velhos despejam outro caneco de absinto, as velhas cosem os aventais comidos pela traça. E cobiça. Nem as flores secas e os venenos do curandeiro salvam o mundo do mau-olhado. Apostam, até. O sexo da vindoura criança. É dúvida com pernas e conversa para jornada de sementeira ou tarde levada nos bancos da suja taberna. Ninguém se fia. Certezas calam bocas e de boca calada vai o morto. Por muito que se apalpe o ventre crescido, o sexo é vontade divina. Julgado no tempo certo da paridura, quando a criatura grita e o ar do mundo se entranha no corpo e se forma a pessoa.

Também dizem dos anjos, sem pentelheira nem desejos. Feituras celestiais ainda por nascer. O que for virá, o que vier será afagado. Mãe é um rio que corre, sem retorno. Diz a voz avelhentada, uma mãe até a serpente achega ao seu seio. Que o amor é a língua do mundo, saliva que alivia o veneno nos lábios de azedume e maldade.

Na casa dos Minguado, já o padre deambula na sala.

*É verdade, senhor padre. A minha senhora afiança que a criança fala no ventre. Palavras bem formadas, discurso coerente. Que diz nosso gracioso deus deste fenómeno?*

Rosário pendurado ao peito, o sacerdote cobre o crucifixo com uma das mãos para acautelar que Jesus não escuta. Em voz embaciada, adianta.

*Deus diz que é criatura abençoada. Ad majorem dei gloriam!*

Mente, numa oração nunca antes falada. Quer o padre desenredar-se do desvario da senhora do Minguado, que é homem honrado e discreto. Benfeitor tão agradecido, também. Que muito tem dado à paróquia. Outra mulher merecia, mais virtuosa e desvelada. Que esta só sabe fazer encomenda de missas e vontades. Por herança. E herdeiro. Pois o futuro de cada um deve ser bem reservado. No coração. E no notário. Que amor sem assinatura não tem valor. Como obediente ao seu criador, consente o engano, num íntimo oprimido. Deus fará sua magistratura, depois. É homem de autoridade e sabedoria. Na terra do mundo tem a sua esposa. O chão tão fecundo que alimenta os vivos e guarda os mortos. Essa sim, é mulher por toda ela. Roda dentada na engrenagem do mundo, ventre e jazigo para toda a gente. Sem prerrogativa ou compadrio.

*E o que nos aconselha, senhor padre?*

O sacerdote gira em volta do mobiliário bem polido, confirma se o cristo traz os ouvidos bem vedados.

*Banhos em água benta e retiros de silêncio, para que a criança fale e o universo escute. É assim, senhor Minguado. A sua família é iluminada.*

Levanta os braços ao céu, fica o Senhor a descoberto. *Aleluia. Aleluia.*

O sorriso do homem satisfaz-se, caixa de esmolas em dia de feira. Do bolso, um punhado de notas bem vincadas. O padre recusa, mãos já metidas no papel selado. O senhor Minguado fala do sublime serviço de deus naquela casa. Ainda convida o santo mensageiro a entrar nos aposentos da mulher emprenhada, o padre anuncia tantos afazeres na igreja. Baptismo. Com funeral.

*Outro dia, senhor Minguado. Outro dia.*

O homem agradece, o padre alivia-se.

*Ámen.*

Que amanhã será outro dia. E o padre será convocado, regra sem credo desde o original dia do seu matrimónio. Que tem esposa devota e santa, com invulgar querença por confesso e benzedura. A mulher chama.

*Minguado.*

Ele nem espera que o clérigo vire a esquina. Passos rápidos, flutuantes.

*Diz, minha orquídea em flor.*

A mulher tem um verde viperino nos olhos.

*Que disse ele?*

O homem faz destilar a secura naquela voz de útero amargado. Achega-se aos lençóis de bordadura fina e demora a orelha na curvatura levantada naquele corpo afeminado. Ouve uns estalos de dentro. Suspeita, aviso de gases entalados. Mas não desconvém da mulher, que vê nisto um viso de erudição. Falas de profeta ainda embrionado. E segura no ventre inchado como se fosse um casulo de seda, frágil e doce.

*Que somos abençoados, Ofélia. Que deves fazer banhos de água benta e retiros de silêncio. Para que a criança se pronuncie. E deus escute.*

A mulher arqueia a sobrancelha, descuida dos conselhos do santo sacerdote. Bem lhe sabe a manha, ela. Que tem tanto de escrituras bíblicas como de finura estadística.

*Amanhã pedirás que discurse uma missa, em nome das vontades de deus.*

O homem assente, num respeito que engasga. Crescêncio Minguado tem a humildade no sangue, único acertado na fileira de irmãos com pimentas e liberdades no paladar. Mulheres. Vaidades. E licor. Para quem a igreja só é lugar de raparigas ainda por desflorar. A serem desfloradas, antes que deus se adiante. Homens de riso fácil, ironias. E defeito. Minguado veio diferente. Voltado para as literaturas, com gosto pelas letras e pelo verso. Escritura poesia, quando o tempo assim inspira. Em rima cruzada ou prosa seguida, se a mão o leva. Veio livreiro, de pouca clientela. Mais estrangeiros, que por ali se amparam. Ele aconselha, eles reconhecem. Vive feliz na sua recatada existência, com o gasto prudente dos numerários vindos da sua raiz. Pais governados, precavidos. Desconhece o sabor da fome. Mas abafa a poeira de infortúnio por tanta desigualdade dos outros, parentela desconforme e altiva. Em círculo pelas casas ilustres das grandes terras. Tertúlias. Saraus. Num estado fidalgo de inebriamento civil. Políticas. Promessas. Putas. Perto desta grandeza lasciva, Crescêncio faz-se pequeno. Como se o nome conviesse com o seu perfil. Minguado. Por dentro. E por fora.

*Meio homem, apenas. Meio homem comido.*

Metade. Mais essa que aprecia o rebuscado peito num decote quase discreto, um prazer recôndito do outro meio que ele próprio pouco sabe na sua lealdade cega a Ofélia. A primeira e última mulher de toda a sua vida. Há quem diga engano da vista, tolhimento por mão feiticeira. Crescêncio Minguado tem dedicação maior naquela pessoa, flor rara na estufa ordeira do seu coração. É assim o amor de um homem que se fecha na sua pequenez afigurada. E mingua, como a lua em noite de maior escuridade. Só um nome o faz valente. Nem que aparente. Corre por vontade.

*Ofélia.*

Um nome só.

*Ofélia.*

Pessoa sem apelido, dizem fruto duma linhagem sem designação. Árvore vinagreira, de veios com corrimento azedo. Crescêncio parece ter sido agarrado pela curvatura das palavras bem revistas, noiva consertada entre rezas e ofertório. No dia no matrimónio, não quis o apelido. Minguado. Sinete de lacre com tonalidade a penúria. Mas ao homem diz, com amorio.

*Ainda é cedo para me sentir merecedora de tanto nome, meu amor. Com o tempo. Com mais tempo.*

E o homem assente aos olhos incrédulos do padre fingido. A Ofélia mais agrada o feitio da algibeira, poupanças irmanadas por gente sem cordão umbilical. O negócio dum amor contrafeito, confiado nas mãos ingénuas dum homem desocupado. Faz acreditar que é homem apetecido, quando a palidez no corpo cabeludo que embravece o prurido na pele. Cospe depois do beijo, lava-se depois do coito. A Crescêncio Minguado parece coisa de pessoa limpa, reservas de mulher tão cândida. Na boca dela, só os líquidos doutro homem deixa correr, por engenhos que nem o diabo supõe. É senhora sem jeitos nem maneiras. Vem da criada o ensinamento, a vénia tão bem curvada e o costume do talher e toalhete. Crescêncio não condena, antes ama. Deus pede misericórdia. E Crescêncio bem quer, sem cálculo nem fronteira. Nesse exagero até vem pecado. Beija com brandura o ventre empolado. Ofélia abrevia o momento, com um olhar rompido e agrura na língua.

*Tens preferência por nome?*
O homem acanha os ombros, por brandura.
*Terás maior destreza nesse entendimento, meu amor.*
*Mas agrada-me Narciso, como a lenda. Fala de um rapaz*
*quase perfeito.*
Ela engole a própria frialdade.
*Será Narciso.*
E remata.
*Narciso Perfeito.*
No homem, o latejo é mais brando.
*Mas poderá ser Narcisa, também.*
Ofélia tem afinco a mais nos ditos.
*Deus é generoso. Virá homem. Com o teu apelido, mas*
*o meu espírito.*
Ele sorri-se, mas íntimo encolhe-se no redondo dum
bicho-de-conta.
*Para mim, será abençoado. Que se chame Querubim.*
*Narciso Querubim. Um santo aperfeiçoado.*
A mulher estranha a imposição.
*Sem Perfeito?*
Crescêncio levanta-se, mais curto.
*Mais vale a grandeza do íntimo que da cobertura.*
Ofélia condiz, que a hora é delicada.
*É nome fino. E sagrado. Também o padre há-de estimar.*
No útero, revolve-se a larva, bicho da seda que vem
borboleta. Crescêncio Minguado conforta o engrande-
cimento da semente num brilhantismo de criança. Ofé-
lia tem comido sem regulamento, caprichos de majes-
tade. Crescêncio governa, a criada faz. Que a mulher

fala de crias mal amoldadas por contestação dos maridos aos desejos interiores das engravidadas. O padre confirma, sem firmezas. Numa cumplicidade que até deus desconfia. Quase castiga. A criada também cala os segredos, fala delicadezas. Que é assim o ordenamento das pessoas. Nem todas podem dizer o que sabem, mas o que fazem de conta saber. Numeradas as luas, com alinho e contabilidade, a parteira da terra faz contas para este ou o dia seguinte. E aos dinheiros que ainda gargalham no bolso do avental encardido. De limalhas. E corrompimento. Dizem que quando quer é também curandeira. Ou feiticeira, que é ofício sem imposto.

*Será ao cair da noite, senhor Minguado. Que a boca do corpo de sua senhora assim o pronuncia.*

Crescêncio encruza os dedos uns nos outros por agonia.

*Serão minhas as dores de Ofélia.*

Ámen. A mulher aparadeira rasteja os pés nus no assoalhado perfeitamente envernizado, Crescêncio fica no umbral do casario tão enovelado nos seus entendimentos. Faz nos braços um berço imaginado, embala o inculpado narciso que ainda nem veio. E comove-se. É homem de coração lagrimeiro, vista turvada. Ofélia chama.

*Minguado.*

Passos aligeirados, movediços.

*Diz, minha santa em ouro fino.*

A mulher tem um traço peçonhento nos lábios.

*Que disse ela?*

O homem admite aquela magreza na voz. Deposto nos seus pés, fica firme de mão na maçaneta. Uma das mãos parece aflita, saturada de amansar couro de serpente. Vontade de espanejar o corpo inflamado, apertar a garganta seca. Encara os olhos resfriados de Ofélia. Respira. Numa complacência de pai, avisa.

*Que será breve a nossa inteireza, minha flor. Que deves compor respiramentos fundos, ter no corpo a quietude de quem vai filhar. Estarei por perto. Sempre.*

O desinteresse da mulher faz suspeitar que faz contas de cabeça. Com um meneio simplista, leva Crescêncio a ausentar-se dos seus aposentos. Ela parece ter urgências, ânsias de mãe. Recomenda desvelo à criada.

*O nosso fruto pode descer a qualquer momento. Logo que as águas despejem.*

Pede cuidados duplicados.

*Que é meu filho, de nome e veios.*

Da ramagem dos Minguado.

*A bem-aventurança vinda de deus na divindade dum corpo de mulher.*

A criada curva-se por acato, pousa os olhos no tabuado do chão. Ouve os passos do homem ao átrio, onde ficam. Parados. Como as raízes duma árvore floreira. Alinha o panamá, o casaco numa sarja bem vincada. Confirma as horas no relógio de bolso. A livraria reclama pontualidade.

Porta pintada de violeta, com a echadura divinamente encerada. Dourada, a maçaneta. Que gira cordialmente para um lugar ilusionista. Onde tudo acontece. Estantes meticulosamente inteiradas por livros, catalogados por autor ou matéria. Etiquetados com preço, a numeração curta. Letras e números rabiscados a mão certa e paciente, sem erros de ortografia nem de excesso. Mais importa o enlevo que se emaranha em cada leitor agradado. Ali, o universo parece estar quieto. A ampulheta estagnada. Porque na livraria o tempo é outro, mais lento. Mais intenso. As paredes conspiram. Suspiram. Contam estórias. E Crescêncio Minguado espia. Negoceia. E escreve. Depressa.

*Que há tanto para dizer a toda essa gente.*

Tanto.

Os escritos falam, almas engaioladas nas muitas páginas numeradas e atadas na lombada debruada a fio de algodão. Textura macia, perfume a naftalina. O homem cheira os livros como se a nuca duma mulher.

A criada lembra os gestos do senhorio enquanto espaneja as cortinas dum veludo caro e as poltronas tão torneadas.

*É homem doce. Que seja louvado com um amor mais absoluto.*

O padre desanda a porta sem assentimento, cálice sagrado na mão. Outra mulher de farda religiosa, com um rodilho de trapos nos braços. A mulher ordena. Diz à criada.

*Virás aqui quando chamada.*

Que as dores se ampliam. Dilatam.

*Anuncio a senhor Minguado?*

*Não, rapariga. Que o meu marido tem negócios a zelar. A meu tempo, serás mandada.*

O quarto é trancado. A mulher grita, não se sabe por dor ou culpa. Grita mais. Que a garganta aguenta. É ruim, saliva azedada. É quando se ouve um choro afinado. Limpo. De criança. A criada adianta trabalhos, abre uma fresta. A freira embarga.

*Ainda não.*

Pela frincha vê o padre vazar o cálice de vinho sobre tecidos argênteos dispersados pelo leito. Como jeito de paridura. A mulher retrata sofrimento, a criança bem lavada. A freira fala com desapego de vadia.

*Aleluia. Aleluia. Que é das crianças o reino dos céus.*

O padre benze o ar.

*Há por aí ares muito implicados. Deus nos salve.*

Vê dentro dos olhos da criada, com uma das mãos dependurada no peito. Aperta o crucifixo suspendido pelo pescoço, para que cristo não veja. Nem tudo o que os subordinados de deus fazem é de lei. Faz o sinal da santa cruz. A criada curva-se.

*Ámen.*

Ofélia chama.

*Senhora?*

A mulher tem fogo nas veias.

*Sabes sustentar uma criança?*

A criada achega-se ao berço delicadamente ajeitado.

*Sei, senhora.*

A rósea pele da criança denuncia nascença de dias.

*O meu leite é fraco.*

Com o assentimento da patroa, toma nos braços o corpo mole do herdeiro.

*Cuidarás dele.*

Polvilha os lábios com pó de arroz, esbate as pálpebras com carvão.

*Podes avisar o senhor. Vai gostar de saber que o filho já veio ao mundo.*

A criança procura-lhe o seio, ainda por crescer. Ela contorna o rosto macio, tem magreza de abandono. A mulher veste o roupão de seda importada, com pesponto a linha de prata. Prepara mais um dos seus banhos demorados. E balsâmicos.

*Que o dia ainda vem longo ainda.*

E a verdade também. Assim se avulta Narciso Querubim, o anjo perfeito da casa.

É do padre a boca donde vem a novidade, criança parida nos Minguado. Avisa da missa a celebrar em nome doutro filho de deus, oferta da santidade aos homens do mundo. A pergunta areja as ruas, é engolida ao tempo do absinto.

*O sexo?*

Apostas. Profecias. Ditados. A criada confirma, quando vai ao encontro do livreiro.

*Rapaz. Bem feito.*

Nas velhas, a esperança dum vindouro marido das netas. Com fortuna e alfabeto. Que Crescêncio Minguado não faltará em ensinamentos. Será rapaz prendado, arguto. Negociante, também. E rico. Que é metade da beldade num homem. Já não falam da esterilidade invertida na mulher da boca com assanho. Ou do útero seco de Ofélia, por ruindade e engano. Nem da cornadura e concubinato. Ofélia não é pessoa de aliados, mas iluminou-se numa cria. Tem a bênção de deus.

A porta violeta está levemente encostada, o perfume do livreiro vem pela fresta. Batem. O patrão roda a maçaneta dourada, numa delicadeza desigual. A criada enrubesce.

*Como está Ofélia?*

Ela levanta os olhos, a Crescêncio incomoda a cor.

*O seu filho está nascido, senhor. Com vigor. O seu retrato.*

O homem atesta os pulmões de encanto. Pela primeira vez, folga os livros desordenadamente sobre o escadote. Ainda vacila. Tem a perfeição metida no sangue. É a criada quem toma as grandes chaves na mão.

*Eu arrumo por si. Pode ir.*

Ele ainda duvida, tem nos livros um afinco consagrado.

*Mas sabes como tenho o artigo disposto?*

Ela acena com a cabeça. É rapariga nova, mas acertada. Num sorrir confiado, Crescêncio Minguado valida o propósito. A criada tem visto autenticado no seu lugar íntimo. A livraria. Onde Ofélia nunca veio. Por vontade dela. Que dos livros, só quer rendimento. E vai, na prontidão de quem corre por amor. Dizem isso. Que o amor faz andar depressa.

Narciso Querubim tem moldura de anjo deposto em sacristia, magreira recôndita na opulência de um enxoval esmerado. Quando o livreiro entra desaforado pelo quarto na vontade devoradora de tomar a criança nos braços, já o padre se adianta com benzeduras e rezas maiores. Que o ensejo assim obriga. Ofélia está perfumada. Diria Crescêncio, mais reluzente que nunca. A medo, achega-se. É o padre quem quebra o silêncio.

*Veja, senhor Minguado. Tem boa parte de si.*

E estende a criança tão estreita, num sono carregado de existência. Crescêncio pousa o olhar devagar em tanta virtude, demora-se num amor rebentado. Ofélia incomoda-se.

*Não diga isso, senhor padre. Que mais quero esse narciso a meu jeito.*

O homem fica calado, no culto daquele fraco corpo. Desarmado. Como um poema. Curto. Delicado. Divino. Ou quase. Que nem deus se livra de uma ou outra imperfeição.

*Quer tomá-lo nos braços, senhor Minguado?*

O padre insiste num estiramento das mãos.

*Narciso.*

Querubim.

*Narciso.*

Perfeito. Nem parece acabado de vir ao mundo.

*Filho.*

O padre ausenta-se, tem dever consumado. E preces agradecidas a taxa de funeral. Ofélia deita-se nos lençóis já refrescados. Afinal, mulher parida tem canseira até aos ossos. Crescêncio ata em si a criança, num regaço ensaiado a tempo certo. Senta-se na borda da cama, voz ainda mais doce e ordeira. A Ofélia incomoda tanto desvelo.

*A criada?*

Não deve tardar. Perguntará pelos livros dos clientes e pelo correio. Ofélia, pelo leite improvisado.

É na livraria do pai que Narciso Querubim rascunha as primeiras letras em folhas amarelecidas com princípios de versos inacabados. O tempo tem-se encurtado para Crescêncio Minguado. E a poesia também. Ao filho reserva direito infinito e ensina com leveza e vontade. Livros escancarados, coração também. É assim todos os dias. A criada traz o rapaz ao princípio da tarde, num primor que destila fineza. Camisa tão abotoada, com vincos nas mangas plissadas. A camisola numa lã macia, bem ajustada aos ombros delgados. E os sapatos com brilho. Ofélia consente. As nervuras da cabeça têm gosto maior do que cuidar da criança delicada. É pessoa santa, de rezas e recato.

*É na igreja que depuro a alma.*

Leva da caixa de proventos um punhado de moedas, mais um braçado de flores. E, no pulso, a gota do perfume mais forte. Deve ser senhora de muita fé. Ou pecado. Que fica a deus o direito de perdoar. Crescêncio confia ao criador o seu destino. Não pede. Nem pergunta. Só tem vistos para Narciso, que vem homem cedo de mais. A voz adensa. A pele encrespa. Os cabelos alisam. Mas numa conformidade bem ordenada, tentadora. Aos da terra. Às mulheres dos homens da terra. Às filhas das mulheres dos homens da terra. É um ai de suspiros sem pudor, Que deus é cego por vontade. Ou teria penas para manejar enquanto o diabo esfrega cada olho. Dos conselhos do pai, fica a sensibilidade nas falas. Palavras certas. Bem colocadas. Mas da mãe, vem o calculismo. Num trago de cupidez. Narciso Querubim veio amante de números. Fórmulas. E engenhos.

*Nada mais perfeito que um cálculo. Um e um serem dois aqui e em toda a parte.*

Ao livreiro, incomoda a ideia. Mas assente. Nem só dos sonhadores e poetas se faz um mundo. Venham também as mãos certas dos engenheiros.

Mas Narciso faz engrandecida em si a ganância. O exagero também.

*Que serei homem mais que perfeito da terra. Esta. Aquela. E além.*

A mãe louva a sabedoria, apertada nos vestidos mais justos e despropositados. No tacão tão alto e grinalda impregnada de perfume, despacha um olhar esfriado ao homem. Que procura nos livros a resposta que já sabe. Apura no filho desdém pelas literaturas. Pelos ensinamentos dos livros, a poesia na vida. Narciso Querubim estuda engenharias. Tem a precisão de relógio, maquinismo temporal. Não se engana num efémero segundo. Cobra cada minuto. Faz contas de hora a hora. Não é rapaz de muitas falas, mas certeiro nos argumentos. Cuidado nas aparências e nos compromissos. Sumido em amores por si, andam as mulheres despercebidas. Que a ele a perfeição será imperiosamente amada. O amor é coisa ordinária, mundana. Tão metódica e elementar como uma conta de somar.

*Um e um serem dois aqui e em toda a parte.*

Inebriadas, dedicam o mais puro. Ele esbanja, com mestria e desprendimento. Num esquema matemático do sentimento, inventor da fórmula do amor absoluto. Sem química nem espontaneidade.

*Um e um serem dois aqui e em toda a parte.*

Fala de esquadria e algarismos, restos e nulidades. Quando vai à livraria, quer livros de geometria e matemática. Entre tantos, o pai enfileira outro de poesia. Feminina. Com versos da doçura num beijo. Do toque por mãos de seda. Dum peito ardente. O rapaz folheia, apertado nos braços da mão. A Ofélia lembra o marido tão minguado, impreciso. A mãe desaconselha. E o filho obedece. Volta a fazer contas e diagramas. Riscos lógicos. Cala-se no escritório, com réguas e bússolas, compassos e pesos. Desvaira. Recomeça. As mulheres andam mais discretas. Já não escrevem poemas nem depoimentos de paixão. Ri-se, incomodado.

*Que outro homem podem inutilmente querer?*

Nos veios, assanha a raiva que cria raízes dentro de si. É o primeiro golpe no seu império de perfeição. A mãe abrevia, enquanto se enfeita para mais confesso e absolvição.

*Mulheres sem cobiça valem meio tostão.*

A Narciso incomoda o defeito nas contas mais puras, a diferença entre a soma e a divisão. É quando procura o pai na livraria. Crescêncio Minguado suspende a leitura de versos estrangeiros dum autor com nome ilegível, afeiçoa um sorriso por contentamento.

*Meu filho.*

Narciso Querubim tem no rosto uma altivez amarga, denuncia o fedor da naftalina metido nas folhas escarafunchadas dum livro fora do tempo. Que demora a ser lido. E comprado.

*Um génio, Narciso. Um génio nas palavras.*

O filho vê no livreiro metade de homem. Autor de poesias nostálgicas, falidas. Sem utilidade. Olha o pai com rábia. Não diz palavra única. Desiste. Aquela expressão compassiva do livreiro tira-lhe a vontade.

*É vão argumentar com um homem sem unhas.*

Quando pousa a mão na maçaneta, Crescêncio Minguado fala numa quietude lambida por compaixão.

*Nem deus terá tanta engenharia na vista nem perfeição nas mãos. Antes da virtude, admira o defeito. E a capacidade dum homem sensato para transformá-lo.*

Narciso engole as palavras.

*Quem se julga para decretar qualquer fundamento? Sou tanto de perfeito quanto o pai é de burlesco.*

Crescêncio ainda de livro tão velho nas mãos, arrependido. Que um filho nem sempre deve ser absolvido pelo que diz. Faz correr o pensamento, sem falar.

*O pai que te cria com amor. Mesmo quando és pomo doutro pé. Outro qualquer. Sem terra nem lugar. Que te*

*terá largado na praça da roda, aos encargos da morte. O pai*
*que te compensa da mulher que o suga por vaidade. Essa*
*que se diz tua mãe. E mente. Quando de ti espera apenas o*
*luxo que lhe posso dar. O homem que te viu crescer, erra-*
*damente calado. Porque cresceste erradamente. És um*
*rizoma sem chão nem adubo. Igual a quem te terá parido.*
*Mas tens a minha terra. O meu trato. Serei a tua morada,*
*se assim entenderes.*

Achega-se ao rapaz a querer partir-se.

*Que a perfeição é um engano, Narciso. É no imperfeito*
*que tens o cuidado espontâneo. O amor que faz vir raízes.*
*Esse amor que dá frutos e leva o universo adiante.*

Nas mãos do filho, entrega o livro. Narciso ensaia o
papel com os dedos, sem olhar. Sente a textura, a fragrância do talento. O cheiro dum saber renascido em
cada geração. O coração lateja mais depressa. Depois
devagar. O pai sorri, que o rapaz se inteira agora doutro mundo. Vê-lhe na vista o brilho dum homem curvado aos ensinamentos do amor. E da bondade. A criada
aparece na porta violeta. Mais velha, mais segura.

*Narciso, a senhora Ofélia chama.*

Narciso repudia o livro no chão, abandona a livraria
sem tão simples beijo. Crescêncio fica a ver a sombra
desnorteada a esvair-se entre outras coisas, um rapaz
doutrinado pela sabedoria do mundo. Sem fórmula
nem princípio. Apenas a fé e a esperança. Apanha o
livro caído enquanto rumoreja. Para as estantes surdas.
Ou para a criada, sublime.

*Que liberte a alma, o Narciso. Pois a alma fica presa*

*quando deixamos de ver com claridade quem somos. E se fecham os olhos numa leitura fria do mundo. Calculista. Sem idealidade. Acima de tudo, somos homens imperfeitos. Que se fazem amar por isso.*

Na curvatura da subida, a criada prende os dedos de Crescêncio Minguado nos seus.

*Haverá amor mais puro que o seu por um filho que nem vos pertence?*

Ao livreiro deslumbra a subtileza. A criada sem nome também sabe. O homem permite que os dedos dele se enlacem comodamente nos dela, roldanas numa engrenagem completa. Confirma a cor nos olhos dela. Verde.

*Como os de Ofélia.*

Mas duma tingidura mais mansa, tão limpa. Por momentos, sente-se perfeito. Mas nem deus se livra da imperfeição. Assim o universo ordena. E só esses podem amar. E ser amados. Aqueles que admitem o defeito no homem e no criador.

*Senhor Minguado?*

A criada tem os lábios tão secos, pedem saliva. O livreiro leva-a pela mão, coração mais apressado. Ela completa-se num amor quase acontecido. Espera o abraço, o beijo. O latejo no peito faz-se ver na blusa. Aprecia-o, ao detalhe. Tão perfeito, homem cumprido. Os dedos desenlaçam-se. Crescêncio tira um volume em couro velho da estante, folheia. A ardência da hora abranda, num amor por acontecer. Afinal. Com simpleza na língua, o patrão declama poesia. Plenamente palmilhada pelo génio autor. Na criada, o ardimento arrefece. Podia ser homem mais perfeito se a amasse no calor da bastardia. Despeitada, ouve. É poema estrangeiro, traduzido. Assim ele diz. Crescêncio Minguado tem também defeito. Que mais ama os livros a um corpo incendiado.

# A MULHER DO DIABO

É filha de aguadeiro. Ela, mais cinco. Ou dez. Que os braços contam a dobrar. Homens. Assim vieram das rezas ditas a Nossa Senhora. Ventre floreado, bem parido. Morto também. Que mulher nem tudo sustenta, voo preciso da borboleta que um simples dedo pode embargar. Ao sétimo rebento, rebentou. Sem espera nem aviso. Até o retratista mostrou intenção de arquivar o acontecimento, num documento acertado por artes do seu ofício. Teve transtorno em acomodar tantas bocas na caixa mágica de impressão. Fotografias repartidas, então. Numa, o velho e a filha. À parte, o rapazio. Gaiatos de linguado curto, sem grandes vaidades nem cortesias. Mãos fortes. Que seguram. E a fragrância a macho empolado. Ou bicho perfumado, que aroma as águas levadas por casa de quem pede serventia. Embaem o mulherio. Solteiro e arranjado, que papel timbrado no notário não contenta o útero. Fazem aguaçal na rua, por descargo de erotismo. Chuveirada nos lábios, aguaceiro dos céus. Assim é por vontade de deus para arrefecer os ardores da mocidade. Em peitos descosidos, acarretam vasilhas de água lavada. Os braços tão húmidos, os olhos iluminados.

Vendem sem pronunciar palavra e meia. Mudos. Como gatos deslinguados por cão. Que o pai sempre diz.

*Palavras com pernas andam sem chão. Quem pode, fala. Os outros cravam a língua.*

E, nisto, Pura Violante tem vida poupada. Encomendada para cuidar da confraria e dos pormenores mais fêmeos da casa. As floreiras de amores perfeitos, na primavera. Ao frio, o sopro ameno da salamandra. Com nome de saramela, mas fabrico na oficina do inferno. Labaredas que adormentam o inverno e só as mãos húmidas do pai fazem sumir em cinza. A mesma cinza que devora os defuntos e torna a vir em flor estrangeira, sem dono ou regadio. Assim Pura Violante, cedo sem o mantimento do seio. Defunto, levado pelo andamento incerto da vida. Manco. Só de um pé. Tem da mãe os lábios de contorno fino, o peito farto que cabe em duas mãos. Quando reza, os olhos descansam-lhe na boca. Santa. Como a figura de caco no altar da capela. E o pai chora na demora da noite, quando todos fazem corpo dormido. Escutam calados a oração. E a promessa. À mulher morta, ainda tão viva na ideia. É homem de igreja, acredita na salvação.

*Porque deus é justo. Nunca tira sem dar muito mais. E a mim deu-me a bravura de seguir adiante.*

Os cinco rapazes fazem o sinal da cruz, dizem ámen. E o pai entende que foi ouvido. Agradece. Que os seus rebentos têm bom rumo e dormem agora na paz do senhor.

Pura Violante desperta antes do universo começar a remoer na sua engrenagem natural. Amorna água no borralho da noite, tempera o corpo. Com os dedos tão estreitos, alisa os cabelos desfiados por agrado a deus. E outros homens. Que dos seus lábios adivinham a ardência dum beijo, das pernas a virgindade doce. No pai, azeda a língua. E o coração.

*Que os homens destilam a ruindade da culpa, Pura. Enganam o remorso com o prazer. Podem usurpar as asas da borboleta, mesmo na certeza que da sua queda virá a morte. Acredita no amor, Violante. Nunca num homem.*

Pura Violante consente o prenúncio, mas encomenda outros auspícios. Conversa com as vozes que a seguem. Querubins, talvez. Que têm linguagem de criança. Despeja a bacia com a água do seu banho, vem o perfume a mulher quase feita. A fragrância ardente até os bichos desordena. Os cães uivam, os homens pedem. O pai cala-se, olheiro.

*Vamos, gaiatos. Que a vizindade tem pressas nas águas da manhã. Lá fora, desentorpece um mundo de gente em tempo suspenso. Esperam esta água para molhar os pecados da noite. Que a alma quer-se lavada para ser leve.*

Contam as vasilhas por cabeça, esfregam as mãos como súplica de afoiteza. Confirmam o sorriso amainado na irmã e levantam os pés, com a vontade pelo agasalho da casa ainda antes do chuvasco fazer-se coincidir. No alto do postigo, um lagarto adiado. Nos furos da vista, duas esferas tingidas dum pardo aguaceiro. E assim acontece dos céus. Aos primeiros borrifos do líquido tão puro, desanda. Procura outro abrigo. No remate da rua, os rapazes adiantam o passo.

*Vai ser manhã aguada.*

O pai agrada-se.

*Bendita, dizem.*

Pelo senhor. Ou diabo. Que também tem dedos para abençoar. E nisto vai a vida, na pernada da água.

Pura Violante fica inundada em entendimentos, fala num linguajar emudecido com as vozes penduradas no ar. O despovoado da casa revolve os olhos para dentro. Faz ver o útero da intimidade, o ventre do coração. Que lateja. Num batimento que só ela ouve. E admite. Desfia ainda os cabelos num adiamento que avisa agonia. E consumo do corpo.

*Salvador.*

Tem o nome do pai, as mãos da mãe. Que o rapaz tem por arte o ofício de sirgueiro. Homem das sedas e luxos, delicadezas e fardos. As mulheres revoluteiam no armazém, traças de asas ardidas. Pedem fazendas e veludos, sedas e cetins. As vistas demoradas na fresta da camisa, os dedos escorridos aos braços do vendedor. Rezam por um peito magro bem explicado, amarelam ao aroma forte da feitura masculina. Transpiram ao ver os ombros carregadores dos rolos em tecido fino. E o corte metálico da tesoura, num morder tão afinado. Salvador vive engraçado, traços de menino. Pouco gasta do apego no mulherio. O seu amor está apalavrado, o mesmo que prometido. E nem o diabo pode esconjurar o que deus já deu por decidido. Tem encontro reservado com Pura Violente antes do acontecer do aguaceiro. Na árvore junto ao rio, cesura de águas simples e furtivas. Quase secretas. É sítio sabido por crianças curiosas, acostumado a velhos em desvirtude. O encoberto respira ofensa. Ou pecado. E assim serve o inocente ao culpado, numa simbiose quase perfeita. A rapariga contraria a doutrina do pai e conta o tempo por cada cabeleiro. Desatinada, fervida. Diz em voz levantada para que deus também conspire.

*Este é o homem que escolhi. Ajudai-me, senhor, a fazer cumprida a nossa querença. Que seja esse o seu desígnio. Ámen.*

O lagarto vigia o postigo, num verde já almiscarado. Adivinha chuvas. E comprometimento. Ela sai num sopro esvoaçado, tecidos leves de mais para o dia pardacento. Salvador toma conta dos ponteiros, apertado no encostamento das celibatárias que o engolem com bocas de assanho. Ela corre. Ele pousa as tesouras, avisa ausências. O lagarto assume outra cor mascarada, bicho camaleão. Ao mando de uma mordida com veneno. Ela pára para amanhar a camiseta, entrecortada pela saia de giro. Ele adianta-se na corrida com o fato de cotão coçado, mas bem feito. Leva a vontade no rosto, o beijo adiado. No prenúncio de acontecer. Arredado, no lugar da vizindade, o pai masca desesperança num amargo ronceiro e gastador. Tem secura no gorgomilo. Escuta o céu e pede misericórdia, que o espírito se tem encolhido nesta manhã de aguaceiro pendente.

*Talvez ruindade em fruta madura.*

E teima no despejo das vasilhas, vendidas a fiado. Olha o vigor nos braços dos filhos e agradece. Que a envergadura não vem do alimento, mas da vontade do criador.

*Os gaiatos não comem para tanto.*

Jejuam, aliás. Por imperativo, que abastança só a de dentro.

*Deus guie nossa Violante, também.*

Nisto, ouve-se um grito repentino. Perfurante, quase. Que se entranha pelas coisas da terra. Outras gritam, já. Sem saber. Que as pessoas são assim. Respondem antes da pergunta. Por isso, também morrem antes do combinado. Acomodados a um infortúnio apressado, sem desenvoltura para antever que da dor vem o aprazimento. Tomam partido pela morte. Certidão de óbito por encomenda. Data com precedência para prevenir multa. Ou imposto. No alvoroço, os velhos apontam com vergonha o sítio de onde veio o guincho. Pode ser gravidade, vale o confesso. As crianças correm na dianteira, por trilhos anárquicos. Sobreiros devorados por trepadeiras esfaimadas, arbustos submissos. E a árvore. A majestosa árvore. Com um homem pendurado. Cabeça para baixo, aos pés de deus. Enovelado num casulo de seda, minuciosamente tecido. Por mãos ocultas. Habilidosas. Coisas do inferno. Ou não. Os adultos selam os olhos das crianças, os velhos arrepiam o corpo por acabamento antecipado. Juram que foi grito de mulher. Os adultos esclarecem que até um homem berra fino na hora da morte. As crianças espreitam por entre os dedos dos grandes, reparam nas lágrimas de sangue que caem da cara de Salvador. A notícia corre mundo, com pernas compridas. Mais se diz do que o que foi. Lambem-se as bocas por agrado. Que o finamento dos outros é comida na travessa, causa de festim.

*Louvados sejam aqueles que ainda vivem para enterrar os defuntos. Que desses já nenhum quer ouvir uma mais palavra.*

Boca fechada. Adeus. Diz quem o tomou nos braços que Salvador seria cadáver fresco. Caldo, ainda. Num desmaio lento e maldito. Cospem-se suposições no estalo da língua, nem o padre inventa maior razão. O gentio encafua-se em cada morada, pode deus ter-se abespinhado e vindo louco. Ruim.

*Que nenhum homem é perfeito.*

O céu desmaia num pardo precipitado, Pura Violante encolhida num canto do chão. Acode o pai, sem perguntas. Suspeita da benquerença clandestina. A rapariga diz o medo impresso na vista. Da boca, o silêncio. Que o medo açaima. Adormenta. E desse dia em diante, Pura Violante disse nenhuma palavra. Muda. Sem emenda. Até que o criador queira diferente. Velório transcorrido, novo rei. Tão depressa destronado, lei dos que sobrevivem. A entrosagem bem rematada da vida assim se engata. Mas os mortos dormem de olhos abertos, esperam companhia. Que ninguém quer. E fazem-se desentendidos. Na data dos defuntos, aparentam escutar as preces que ecoam pelo cemitério. Mas arrolham os ouvidos. Porque a morte chama. E a cobardia salva-se.

Os rapazes limpam o suor nas mãos, que água é bem precioso. Insistem no negócio das vasilhas. O pai anda cansado, partido. Não fala. Só escuta. Ou faz de conta. Por tempos, também duvida se deus será pessoa ouvinte. Reza. E aguenta.

*Porque deus é justo. Nunca tira sem dar muito mais. E a mim dá-me a bravura de seguir adiante.*

Nos olhos de Pura Violante, um luzimento fraco parece vir da profundura. Ainda a manhã se enjeita, fala em cristo e devoção. O pai presume, que tanto fervor só num corpo acalentado. As mulheres da rua falam de Sidónio, o rapaz dourador de altares. Com dedos de artista, dizem benditos. Ou curadores. Que cuidam daquilo que nem deus conserva. E o homem nem sabe se chora. Ou se ri. Nem sempre são as mãos do Senhor que nos confortam. Por engano, tem vezes que as unhas do diabo sabem bem. Pura Violante ainda não diz, coração em fervura. A irmandade quer consertar o canastro do embusteiro, belzebu vestido de anjo. O pai contradiz.

*Deixem deus escrever com as palavras que quer. Que ninguém estorve a sagrada escrita das alturas, que o chão se abre.*

Os rapazes não obedecem, sabem da afinidade do pai com a divindade. E seguem, num incómodo mudo. Como Pura Violante, que no alinhavo da boca fala pelo coração. E vê no Sidónio uma oferenda de deus pelo equívoco cometido em levar Salvador. Deus também se engana. Só não pode ser julgado, que não há juiz superior. Sidónio tem as mãos delicadas. Palpam as figuras de santos e anjos, procuram desarranjos e milagres. Fecha os olhos e segue as torneadas dos mantos e dos rostos imaculados. Pura Violante tem o terço entre os dedos, a vista cegada. Sente tanta delicadeza no próprio corpo, lateja o peito num eco imprudente. Ardida em pudor e desejo, levanta-se dos joelhos e espera no adro. Que a casa de deus deve ser limpa de desvirtude. Sabe que Sidónio a vê. Tem mais certeza de que o tocamento pelo gesso moldado das figuras santas é um anúncio. De vontade. Cortejam pela arte manual, sem falas. Que também ele parece mudo. Talvez se confesse às bocas tão talhadas nas paredes e coberturas, aos ouvidos celestiais das pinturas e estandartes. No bolso das calças, um punhado de pincéis. Dourado. Azul cândido. Prata. Quando retoca os lábios dos santos, acentua um sorriso. Pura Violante percebe. E cora. Espia as grandes portadas do átrio, passagem para quem entra. E sai, também. Vem o silêncio religioso da sacristia. Comprometem o dianteiro olhar, Pura Violante curva-se no melindre. Arrepia-se a pele, entesam-se os seios. Sidónio translada a sua placitude de eremita. Um estampido se faz ouvir. Pura Violante dá um grito ordeiro, sabe-se bem acompanhada. Braços fortes, mãos habilidosas. Sidónio será salvador. Uma imagem da Virgem Maria se desfaz em cacos e o lagarto esquivado por trás. Ela benze-se a pavor, o rapaz engraça com a criatura. Aponta o bicho tão parado, num verde musgo sarapintado. Ela espairece também. Riem alto, quando entra o padre rodeado das beatas do costume. Vem aí missa por almas passadas. Falam freneticamente, num alinhavo de culpas e denúncias. O padre leva enfado no rosto. Pura Violante despede--se com um beijo na cruz do seu rosário, olhos nele. Ele toma uma santa nos braços, entorna os pincéis aguados no cálice de água benta. Pela rua, Pura Violante penteia os cabelos com os dedos trémulos. A alegria no peito incomoda, acorda medos já abafados. Os rapazes despontam em casa mais cedo, ainda Pura Violante tem a grinalda posta. Semeiam-se pelo chão fresco, a arfar numa ardência de esforço. Pedem limonada, bem azeda. A rapariga obedece, num andar mais leve do que o próprio ar. Descalça, vai ao limoeiro da eira. Os rapazes conspiram. E o pai cumprimenta com a luz dum relâmpago.

*Pura?*

Tantos dedos apontam para o terreiro. O homem empalidece.

*Houve desgraça na capela.*

Os rapazes levantam-se, Pura Violante vem num regaço de limões.

*Conluio de homens?*

O velho rumoreja num contar amargurado.

*A capela foi engolida pela terra, como se tivesse boca o mundo. Nenhum corpo cuspido, nenhum santo arrependido.*

Os frutos dum amarelo duro caem por chão.

*Mas houve desgraçados?*

O velho encurta os ombros.

*Ninguém sabe. Conta-se que o padre e outras velharias tinham ido chamar o sacristão. Fala-se do dourador de altares, o rapaz.*

Os olhos do pai vão para Pura Violante, num trago de desespero. A rapariga vira-se para o janelo, penteia os cabelos freneticamente. Nos dedos, os fios arrancados. Puxados. É o pai que chora, não a rapariga.

*Filha.*

Ela não ouve.

*Filha.*

Surda.

*Filha.*

E não ouviu mais a partir desse dia, nem chuva ou oração. Calada e vedada ao timbre do universo. A irmandade anda aguada numa mágoa que nenhum homem sabe explicar, vasilhas nas costas curvadas e braços caídos. O pai escangalhado, sobras de gente. Pura Violante é metade, agora. Pessoa partida. Ou meia morta. Alisa os cabelos de olhos despejados, unhas sangradas. O pai beija-lhe o rosto, pede a bênção de deus. E confia.

*Porque deus é justo. Nunca tira sem dar muito mais. E a mim vai dar-me a bravura de seguir adiante.*

Pelos trilhos mais secos, as línguas falam da capela engolida. Do amor da rapariga. E do amaldiçoamento do artista. Os homens contam das teorias, em sermões de pregador. A criançada simula a tragédia em brinca-deira inocente. As mulheres vestem preto e andam sem rumo. O louco diz versos improvisados, de louvor e tragédia. O pai escuta, no descarrego da água pelas portas. Abertas. E aperta-se o coração. Flores. Cheiros. Geleias. Tudo tem levado para a filha, com as moedas que tira da boca. Ainda, um livro. A conselho do filho do homem livreiro, rapaz de letreiros e cortesia. Poesia, do trovador estrangeiro. O velho consente, que só conhece as letras das escrituras do senhor. Traz embru-lho, bem enfeitado. Papel floreado com fita, selo tim-brado da casa. Quando volta, sabe esperar. Enquanto os rapazes pelejam pelo único alguidar de água amor-necida nas brasas da salamandra para o banho em dia ímpar, o pai achega-se à filha. Fixa num lugar sem pontos cardeais, depois da linha do fim do mundo. Toma-lhe as mãos geladas, confia o invólucro harmo-nioso. Deixa-a no seu silêncio e aumenta a lenha na salamandra. Pode ser uma noite longa. Espreita os irmãos, homens comidos no remanso merecido. No céu, a lua parece caída no cume do monte. Recorda o rosto da mulher e chora, como em criança. Quando corria descalço para poupar os sapatos domingueiros e o pão guardado no bolso do casaco, arranjado de pri-mos mais velhos. O futuro é coisa imprevista. O pas-sado também. Nunca se sabe os momentos a serem mais recordados. Muitas vezes, os mais desventurados. Ruins. Como uma sarna que nos come o corpo e que só a morte alivia. A vela fica iluminada, vê-se o rosto de

Pura Violante. E o embrulho por desvendar. Agasalha os ombros da rapariga com o xaile, entrega o amanhã nas mãos do senhor. Que mais não pode um ordinário homem.

Pela manhã, anda Pura Violante no eirado. Estende as roupas dos rapazes do arame da videira e sente-se o cheiro a terra húmida. A irmandade desenrola-se, o pai agradece.

*Pura?*

A rapariga alegra-se.

*É o livro coisa tão graciosa. O aroma das páginas amarelecidas, o nó dos fios atadores, a capa untada e firme. E as letras, meu pai, quem as conhece?*

Num rompante de esperança, o pai volta ao filho do livreiro.

*Justino.*

Rapaz, filho e irmão. Medrado entre rolos de papel e linha de cosedura, é encadernador e conselheiro. Livros e jornais. Conhece o contorno de cada letreiro, a essência do entendimento. O poder curativo e sagrado. Oferece-se para ler a Pura Violante.

*Posso ler para a sua filha, que até Jesus pregou pela palavra. E levantou Lázaro.*

O aguadeiro tremelica, mas respeita a ordem do criador.

*Deixem deus escrever com as palavras que quer. Que ninguém estorve a sagrada escrita das alturas, que o chão se abre.*

Ao final da tarde, Justino apresenta-se. Camisa bem

vincada, óculos claros e rematados nos olhos perfeitos. Pura Violante tem laranjas ao peito, o rapaz lê enquanto ela se apruma na cozinha. Sacode o avental e vem sentar-se perto dele, no banco comprido sem luxo nem uso. A cada dia, novo verso. Nova estória. Num ou outro excerto, sorri. Noutro, chora. O pai toma conta, espreita. Os olhos de Justino se inflamam. Aos rapazes agrada o filho do livreiro, suave na boca mas trabalhador nas mãos. Cumprimentam. Falam das águas e das chuvas, das vasilhas e mulheres. Ao final da tarde, volta sempre. E senta-se no banco comprido, com a rapariga diante. Ela procura-lhe o contorno dos lábios, a simpleza nas palavras. Incomoda a voz no ouvido.

*O teu amor pertence-me.*

Justino fala da poesia, das beiradas dos rios correntes e das ninfas num corpo alado.

*O teu amor pertence-me.*

Pura Violante empalidece, o rapaz curva-se,

*O teu amor pertence-me.*

Vê fogo nos olhos de Justino, o livro que tem nas mãos começa a arder. Os dedos. O peito. A boca. Arde todo ele, numa labareda única que nem deixa dar um grito. Ficam cinzas, apenas. Um sopro de borralho no chão.

*O teu amor pertence-me.*

No desespero das mãos, varre as cinzas. Justino é a poeira que o vento leva.

*O teu amor pertence-me.*

A rapariga cai em convulsão no chão frio, o lagarto retira-se pelo postigo.

Os irmãos chamam o entendido nas falas do corpo, enquanto o pai a embala nos braços. O doutor diz epilepsia. O padre conta da maldição. Ao poeta, profundo desgosto. O acaso dum bicho ao homem sem fé nem oração. O pai abate-se em joelhos, olhos em fervura. Deus não pode ser tão tirano. Corrupto. Espuma raiva pela boca, desdiz. Aponta os dedos acusadores ao céu, acusa. E depois suplica.

*Deus, sois justo. Nunca tirais sem dar muito mais. E a mim, dai-me a bravura de seguir adiante.*

Os rapazes tão encorpados querem regaço de mãe. Ou da irmã, estendida no leito da cama onde a própria mãe se fez falecida. Os cabelos lisos, o rosto sem cor. Nos olhos escancarados por terem já visto de mais. Rezas e missas, súplicas e rosários na capela armada em tijolo e zinco. As mulheres recebem honorários pelo orar continuado, os homens por excomungar os demónios. Os rapazes embargaram o negócio das águas e muito pecado tem ficado por lavar. Corpos sedentos que pedem regadia, almas pesadas de tanta sujidade. As vasilhas de barro não vão pelas ruas. As raparigas ficam nas janelas, na espera. Já não falam só dos peitos rebuscados dos irmãos da rapariga, mas do esconjuro de Pura Violante.

*O teu amor pertence-me.*

Pura Violante sente-lhe o cheiro no quarto, uma

brisa de movimento. As narinas do estrangeiro respiram mais perto, os pés não pisam o mesmo chão. O peito dela lateja, mas não se aflige. O morto já não tem medo de morrer.

*Por que vens?*

O ar dele é frio.

*Venho cuidar de ti.*

Ela sustenta o impulso, pousa a mão no coração.

*Dizei-me se sois vós meu deus, que me entrego à vossa doutrina, senhor.*

Ouve um riso estridente. Aconchegado, também.

*Tens a obediência dos homens. O teu deus é também o teu dono.*

Ela apalpa as redondezas ao corpo dele.

*Vens a pedido do meu pai?*

A voz dele agudiza.

*Acredito que ficaria confortado se me soubesse teu salvador.*

Ela sente um bafo amargo, benze-se. E o estrangeiro esfuma-se num vento gelado. A voz ainda travada, não diz. Quando o pai lhe beija o rosto, sente-lhe o calor. Agonia-se, mas confia. Bafeja o pavio acendido, fica o quarto na escuridão. Pura Violante respira, embrenhada em loucuras. Talvez seja a escolhida dum anjo mensageiro. Ou pessoa tomada pelas gadanhas dos espíritos. Quer benzer-se, nova vez. Mas também as mãos parecem atadas. Cala-se, no aconchego.

*Vieste.*

Ouve o riso escabroso.

*És mulher de apressadas nostalgias, coração tão dado.*
Ela acanha-se na mordedura, ruindade dita.
*Que coração louco se entrega assim ao desconhecido?*
Ele rumoreja, numa sanha de sapiência sombria.
*E quem julgas conhecer tão verdadeiramente?*
Respira perto.
*O teu deus, presumo.*
Ela aperta as pálpebras.
*A tua voz entranha-se dentro de mim como um frio encardido.*
Ele fala num lamento mordente.
*Agrada-te, eu sei.*
Num sopro, toca no rosto dela. Ela arrepia-se. Dedos tão finos e arrefecidos como galhos duma velha árvore. Os cabelos compridos, como cristo. E o cheiro mais azedo.
*Sentes o meu abraço?*
É um sopro que rodopia em torno do corpo dela, um embalo sem matéria com a leveza dum anjo. Pura Violante entrega-se ao conforto da simbiose.
*Aquilo que me podes dar é tudo o que quero de ti.*
Ela suspeita.
*A simpleza do meu corpo?*
A voz demora-se.
*A pureza no teu fecundo ventre.*
Ao despontar da luz, o pai corre as portadas. Com um pano esfriado num respigo de óleos e pétalas, arrefece o rosto da rapariga. Ao cheiro amargoso, acende a vela com algumas gotas de limão. Que nem defunto

aprecia a fragrância da morte. Pura Violante sabe da pele enrugada do velho, cala-se num sono fingido. No corpo, o latejo é mais sentido. Coração renovado. A visita do estrangeiro tem estranheza e bondade, mas não conta. O mais certo seria vir o médico dos desvairados a mando do gentio melindrado. Que ninguém acredita em homens descarnados nem bafos de azedume. Os rapazes ficam no eirado, vasilhas abandonadas ao zunido das moscas. O pai desata um beijo na testa da rapariga, ela pestaneja um sorriso cego. Para aliviar a agrura do ar, abre mais o postigo. Vê o rabo do lagarto enroscado em si mesmo, como coisa sem meio nem remate. Com as unhas que tem vai amassar o pão, a ser partido por sete bocas. O amor, por outros tantos. A Pura Violante vem o cheiro do estrangeiro na brisa, o contentamento pela visita inesperada. A voz vem corrida num canto sagrado, linguagens entrosadas como nenhuma boca diz. Só as dos enviados celestiais. As falam encurtam-se, só o bafejo azedo denuncia. O quarto fica mais frio, mas Pura Violante consente. Ao rodopio de vento tão brusco, suspeita.

*Vais adiante?*

O quarto continua frio, ainda mais. O azedume do ar entranha-se na própria boca. Como se o estrangeiro estivesse tão perto, já dentro. Acanha-se no corpo agitado, coração de batimento desacertado. Mais vozes parecem gritar os mesmos cantos, línguas tantas e dizeres. Pousa a mão no peito, ouve. Outro latejo, mais fraco. Como se dois. Dois corações. Estanca o respiramento.

*Um. Dois.*

O dela. E de outro. Do estrangeiro. Ou tantos mais, num pulsar enervado e faminto. As paredes parecem contar, também. Pura Violante tem o mundo todo num só ventre, arde em agonia. Faz o que o pai sempre manda em horas de aflição.

*Ave-maria cheia de graça, senhora é convosco. Bendita sois vós entre as mulheres. Bendito o fruto do vosso ventre, Jesus.*

O revolvimento de batimentos estanca, o coração também.

*Bendito o fruto do nosso ventre, Pura Violante.*

O estrangeiro.

*Tens na polpa do meu útero a carne do teu desejo.*

Ele abrevia.

*O teu amor pertence-me.*

Num instinto de humildade, ela sai da cama. Ajoelha-se.

*Louvado seja deus, seja feita a sua vontade.*

Ele avisa.

*Tens sete luas. Sete palmos. Sete ventos.*

Pura Violante obedece, que deus é dono também. O bafo azedo esvai-se, fica a frialdade. Ela embala o ventre empolado nos braços, colhe a semente com esperança. Os peitos doem, o leite vem. A renascença também. Pura Violante enflora, como se outra seiva mais dura lhe corresse nas veias. Os irmãos aliviam-se, levantam nos ombros as vasilhas. Que deus já concedeu o milagre. O pai estranha, humilde.

*Deixem deus escrever com as palavras que quer. Que ninguém estorve a sagrada escrita das alturas, que o chão se abre.*

Pura Violante é mulher levantada. Penteia os cabelos ao janelo, embebe as mãos na bacia amornada. Emaranhada em trapos pardos, reza. Desalmadamente. Que é rezar mais do que qualquer alma pode. Os braços curvados abraçam o ventre. Mais maduro. Magicado, também. Que não é empolamento de cria nem de maleita. Fala como se houvesse a quem falar. Loucura ou aparição, que muito se conta na terra. Pelos dedos, faz contas. O pai escuta.

*Sete luas.*

Vai na terceira, espera.

*Sete palmos.*

Cabem nos braços mais.

*Sete ventos.*

Que deus sopra.

Sorri, naquele jeito de mãe. Acaricia os peitos, descansa no eirado. Quando os irmãos chegam, sentem o cheiro a fruto maduro. Já decomposto. O velho rumina, barba crescida.

*Que o criador fala por letras que ninguém entende.*

Mas confia.

*Mas deus é justo. Nunca tira sem dar muito mais. E a mim dá-me a bravura de seguir adiante.*

Fica atento a Pura Violante, quase ofuscado pela flamância nos olhos dela. Uns olhos que vieram da cegueira e transbordam luz. Nesses mesmos olhos vê uma estranheza que arrepia, a menina do olho em risca. Igual ao lagarto. Fecha-se na sua fé. Observa os rapazes no rescaldo do braseiro que a própria filha inflamou. Descansam, numa naturalidade sossegada. Acomodados a um desagravo da irmã que ao pai não convence. Passa a quarta lua. E a quinta. Pura Violante abraça o ventre, com mais dois palmos. Fala com mais pressa, num canto salomónico. Podia avisar o padre, mas não quer a filha excomungada em praça pública. Espera, ainda. Sexta lua. Pura Violante mostra um rosto consumido, amansa os peitos duros. E passa as mãos pelo ventre, num ardimento de febre daninha. Estende-se na cama, boca trancada. Geme. E o pai augura. Decompõe o céu. Sétima lua. Pura Violante tem os olhos dum verde tão aguado, luzeiro maldito. Lagarto em corpo de mulher. Faz o sinal da cruz. Chama os rapazes, que devem seguir à capela e orar em voz alta.

*Que faz hoje tempo que a vossa mãe morreu.*

E descai uma lágrima, que a fé a mais não pode. A quem ouve os segredos da noite, Pura Violante grita. O velho faz contas com os dedos.

*Sétima lua.*

Embrenha-se pelo mato, rosário na mão. Na rapariga, o ventre encurta-se. O coração abrevia-se no corpo, fruto esguichado na força duns dedos. De homem sem enternecimento nas unhas ou um animal qualquer de sete palmos feitos. Retorce-se nos líquidos fétidos, ventos soprados dentro de si. Nauseabundos, entranhas dum finado. Os seios fartos de leite sentem a aspereza das bocas comedoras, o desapego das criaturas bravias. Rosnam. Mordem-se. Já não lambem, extirpam. Ávidas do próprio sangue. Pura Violante consente, que vieram do único ventre. Amansa, ainda. Braços em curva, sem saber o que abraça.

*Santa Maria, mãe de deus. Rogai por nós, pecadores. Na hora da nossa morte.*

Ámen.

É o homem estrangeiro quem embarga o festim. O cheiro azedo acalma as criaturas, ainda embravecidas. Achegam-se ao canto, esperam o mandato. Que a placenta quer-se comida, a mãe devorada. O bafo azedo contorna-lhe os lábios, o rosto. Como um bálsamo fresco, curam o peito trincado. O coração dela sobrevive e ela pode sentir o oco dum amor defraudado, útero usado por ruindade. A grinalda é a própria mortalha. A voz é tão doce.

*O teu amor pertence-me.*

Grita, antes se quer por mulher louca. Que é realidade mais sensata. Uma brisa acidulada sopra nos cabelos, a garganta é entorpecida por tanta brandura. Ao ouvido, ele canta devagar. Como se a uma criança.

*O que veio do meu ventre?*

O estrangeiro diz, sem pressa.

*Os meus servidores.*

As criaturas rosnam, enroscadas.

*Os meus filhos, também.*

Ele cala-se. Poderia rir-se da estupidez numa rapariga tão afeiçoada, mas engole o próprio fel. Enquanto nenhum homem se levantar diante de deus, será ele ditador absoluto. Pura Violante sente-lhe os contornos unhados do corpo pousado delicadamente no dela. O fedor, mais temperado.

*A quem devo amar neste absurdo?*

Ele amansa as feridas, num embalo com dedos descarnados.

*Ao teu deus criador.*

Tem revolta na língua.

*Que se serve de mim sem compaixão?*

O vento agita-se no quarto.

*Não sou deus, Violante.*

Ela alivia-se.

*A morte?*

Ele incomoda-se em falas de veludo.

*É mulher impiedosa.*

A rapariga começa a rezar, que destempero é defeito de pessoa sem fé. O postigo abre-se. Subido nas paredes, pode ver-se o lagarto dum preto alumiado. Pura Violante abate-se na certeza de que o estrangeiro não voltará.

*Vais dizer-me o teu nome?*

A brisa sacode o ar, as criaturas somem-se pelo mato.

*O teu deus é também o teu dono.*

O lagarto lambe-se com a saliva mais doce.

*E não serás tu o meu deus?*

O estrangeiro ausenta-se.

*Não, sou o diabo.*

Pela madrugada, vieram os rapazes duma noite de rezas. Língua cansada por tanta oração. O pai veio do mato, rosário na mão. No ouvido, ainda os rugidos dos bichos perdidos no mundo. Espreita no quarto, adivinha o cheiro fétido impregnado. O mesmo cheiro sentido quando a sua mulher o fez viúvo. Aquele cheiro azedo, mais leve. Comovido, achega-se ao leito. A humidade na manta denúncia febres ou paridura. Benze--se. Pura Violante respira. Ainda. Beija-lhe o rosto. Sabe que o diabo andou por ali, mas de maneiras mais refreadas. Que o amor conserta os corações ruins. Não conta ao padre nem ao doutor. Há verdades que só o esquecimento cura. Espaneja o quarto empoeirado, desanda o postigo. Nenhum lagarto pousado ali. Naquele lugar, só o azedo ainda diz do acontecido. O pai sabe, sai com o tempo.

*Por agora, só precisa de ser arejado.*

# O ILUMINADO

O morto não tem nome nem algibeira. Desnudo, criança por nascer. O oficial vira o cadáver vezes sem conta. Parece ter vontades de inventar qualquer etiqueta, num dos ângulos do corpo. O cheiro é azedo.

*Deve ter dias, o sujeito.*

Aqui ou noutro lugar, que defunto não tem pés de andar. Mas pode haver quem ande por ele, é assim nos casos de crime. O oficial esfrega as mãos numa efervescência que desacomoda, entusiasmo pela casual gravidade da circunstância. O cabo é novo na esquadra onze.

*Oficial Cupertino, não é situação para enterrar logo? É um atentado à saúde pública.*

O oficial retorce uns olhos de pessoa mordida por cão sem dentes.

*Verdadeiro atentado é um simples cabo duvidar das procedências do superior.*

O rapaz fica curvado.

*Enterrar sujeito sem identificação.*

O velho oficial cospe no chão.

*Em que resumida esquadra te formaste, rapaz?*

Ao subordinado veio a língua comida, emenda certa

quando se rodopia nas mãos dum maioral com amargas bexigas.

*Vira-o de costas, cabo.*

O rapaz cambaleia, por melindre. Tem dedos imaculados, nunca apalparam corpo morto.

*Adiante. Adiante.*

O rapaz obedece. Com método, procura pistas. Provas do episódio. Está pasmado com o fardo dum homem sem vida. Sempre julgou a morte um estado de tanta leveza.

*Nada, oficial. É um cadáver limpo.*

O oficial desamarra uma risada satírica. Rumoreja, por penitência.

*Limpo? Limpo é o cu de Judas.*

O cabo suporta o comentário. Crava as unhas no morto, que não se queixa. Numa segunda semana de serviço, já não é a dianteira vez que pondera ir-se embora. Outro ofício. Outra terra. Outro negócio. Talvez vendedor de flores ou fazendas. Ou mesmo funerário, sem livro de protesto. A mãe tem dedos para a botânica, é mulher para fazer brotar rosas em noites de chuva. Podiam abrir um armazém. O superior corta o discurso privado.

*Vamos, cabo. Empacota o morto, que tive avisos do atraso na equipa de investigação. Estás confiado para o levar ao instituto de medicina legal. Declara os indícios.*

Enquanto isso, completa a folha de registo. Em duplicado. Para arquivo. E notícia ao ministério público. Faz um sumário da ocorrência.

*Onze do mês nove do ano corrente. Onze horas e nove minutos. Homem sem identificação descoberto sem vida na rua paralela à avenida do Marechal Um. Idade aparente de setenta anos. Participação na Esquadra Onze por telefone anónimo. Suspeita de homicídio. Declarante, Oficial Cupertino. Testemunha, Cabo Angelino Luz.*

Ao rubricar, desata uma gargalhada. Única, mas certeira.

*Até no nome o rapaz tem defeito.*

O velho oficial espia os procedimentos do novo homem. Ou assessor, ao abrigo da nova legislação de deontologia e graduação na segurança pública. É o nono, este ano. Renunciam. Ou pedem transferência. A qualquer custo. O tenente já sabe. Fica em espera doutro requerimento vindo dum outro adjunto com o espírito engolido.

*Nem o diabo o tira daqui, que é velho para durar cem anos.*

O homem dilui-se em vaidades.

*Que aqui não é lugar para meios homens.*

O cabo Luz tem diplomacia na voz. É motivo para urticária no outro. Com raízes na ditadura, deprecia os arredondamentos das palavras democráticas.

*Soldado, não é para fazer poesias.*

Tem vontade de ordenar ao rapaz para conferir o estado das nádegas do morto, uma chamada do posto amansa a ruindade. Manda o rapaz convocar a viatura de porte dos falecidos.

*Avisa também o delegado da saúde para certificar o óbito.*
E que se avie até ao instituto, antes da troca de turno.
Ele tem pressas. E o botequim mais rente fica a meia
hora em motorizada. Angelino Luz bafeja de alivia-
mento. Antes a companhia dum morto do que dum
velho mortal. Espera o veículo de transporte sentado
no banco ao lado do sujeito não identificado, quase se
cria um laço de afeição. Ao mesmo tempo que se pergunta pelas circunstâncias do acontecimento, demora-
-se nas crianças a brincarem nos baloiços.
*Anjos.*
Vem a viatura cedida pela câmara municipal, que a
polícia de segurança pública está retida em motivos de
maior urgência. Cofre ajustado ao carregamento de
cadáveres, engenho de metal com cordas e tecido. O motorista encrava o defunto sem reservas. Prende o invólucro de plástico com as tiras de pano, que morto não
pede grandeza. Angelino faz que não vê.
*É desonroso morrer assim.*
O motorista estica as cordas.
*Como pode ser tão melindroso no seu ofício?*
Angelino morde a língua, já comida. Faz um
meneio com a mão para seguir caminho.
*Para o instituto de medicina legal, por favor.*
Não conversam mais. Só se ouve o bater do corpo
morto contra o enredo metálico, nas curvas e cruza-
mentos. Angelino tem vontade de se benzer. O edifício
decadente em pedra secular levanta-se num cinzento
tão frio. A viatura é estacionada. O cabo Luz abeira-se

ao portão em ferro forjado, deposto na entrada ostentosa num luxo desgastado.

*Venho da parte da guarda nacional republicana, Esquadra Onze. Cabo Angelino Luz. Fiz aviso há cerca de meia hora.*

A rapariga dos atendimentos confirma pelo aparelho de correspondência com o interior do edifício. Manda seguir a viatura até ao local de descarga.

*Anuncie-se, que vou ordenar entrada.*

O portão range. Um homem de bata branca avisa com as mãos. O motorista obedece. A Angelino Luz, incomoda a tintura tão parda, a fileira de urnas refrigeradoras. Num impulso de rapaz, promete-se jejuar de carne durante todo um ano.

*Então, o que temos?*, pergunta o homem da bata branca num tom jubiloso.

O cabo Luz curva-se por reverência.

*Um morto sem identificação. Para reserva.*

O homem da bata branca é claro.

*O médico das autópsias fez greve, desarmonias no ofício. Diz que dá mais a fazer estar vivo do que morto.*

Solta uma risada a que o motorista da viatura condiz. Angelino, Luz sisudo.

*Pergunto pelos vossos procedimentos, neste caso?*

O homem da bata branca alinha-se na farda. Incomoda um cabo sem humor.

*Aguarda-se que o médico se decida a vir.*

O cabo fica de pulsos atados.

*É defunto não reclamado, sem relatório informativo.*

O homem da bata branca vai buscar um papel em triplicado sem químico, só esferográfica.

*Assine aqui. Aqui. E aqui. Este pode levar. O morto é que fica.*

Vira-se ao motorista.

*Ou quer levá-lo consigo para companhia de almoço?*

Angelino apressa-se a abrir a porta traseira e a permitir o descarregamento. O homem de bata branca solta um assobio, enquanto o homem do volante recupera da folia. Vem outro igual, farda tão cândida. Também com contentamento declarado na frontaria do rosto.

*Corpo meritório de vistas grandes ou mais um velho carcomido?*

Angelino sacode a cabeça.

*É desonroso morrer assim. Encontrado morto, sem o simples nome.*

Ao ver o defunto entrar na sala das câmaras congeladoras sente que perde um aparentado. Fica ausente, preso a narrativas que nem aconteceram. Pergunta-se como terá acontecido. É a buzina da viatura que o desentorpece.

*Mais algum afazer, cabo?*

Angelino Luz sobe para o seu banco, aperta o cinto. De olhos pousados na garganta para o armazém do instituto, ainda vê os homens de branco a arranjar o morto brutamente na gaveta de depósito. Vira o rosto. O motorista cantarola uns versos de festejo.

Agrilhoa o cacifo com cadeado, retira do peito a chapa em metal com o seu número de admissão. Depois de rubricado o controlo de saída, é rapaz ordinário. Sem leis nem compromissos. Tem nos olhos um desalento de quem não pode fazer nada perante a crueldade dos homens. Nas mãos, o vigor de quem pode fazer tudo. E mais. Vai sem lugar marcado. Não tem mulher nem brotos. A morada é a de sempre, mesmo antes de ser nascido. Angelino vive no ventre da sua mãe, juntado ao umbigo duma mulher envelhecida. Em casa, despe a roupa. E o dever. Desnuado de vestidura e obrigação, tenciona dormir sem prazo. Deixa escrito um bilhete.

*Mãe, transpiro cansaço. Beijo, Luz*

Tem sido prometido a desgostos e enganos, como se deus o tivesse abandonado aos encargos da severa existência. Gira na cama, voltas e giros. Como se num prurido por indignação. O velho morto está demorado nos seus entendimentos. Homem velho. Com olhos despejados. Mãos estendidas, que chamam por ele. Benze-se. Confia no mesmo deus surdo que ainda não encaminhou o verdadeiro amor e fica adormecido, num sono fundo. Ao agasalho do lençol de flanela tão bem bordado pela mãe com tanta fé. Só o alarme dum objecto principal poderia interromper. Levanta o auscultador do telefone, pálpebras atadas.

*Cabo Luz?*

O corpo do rapaz estica-se numa reverência.

*Sim, oficial Cupertino.*

A voz pergunta.

*Em descanso, cabo?*

Angelino contorna o palavreado.

*Não, oficial. Em guarda. Precisa dos meus serviços?*

A voz é de impaciência.

*Apresente-se na Esquadra Onze, cabo. Temos dúvidas de actuação.*

E desliga, sem aviso nem demora. O rapaz corre a enfiar-se no uniforme. E no ofício.

Na esquadra, respira-se um ar amargado.

*Cabo Luz, confirma que o corpo encontrado esta manhã pelas onze horas e nove minutos foi entregado no instituto de medicina legal pelas doze horas e vinte e três minutos do mesmo dia?*

O oficial Cupertino tem um documento timbrado na mão.

*Confirmo, oficial.*

A inquisição adianta-se.

*Confirma que o cadáver registado no auto por mim lavrado é o mesmo que o depositado nesse mesmo instituto?*

Angelino Luz encrespa a sobrancelha, sombreado pela questão.

*Responda, cabo.*

O rapaz obedece.

*Sim, oficial. Confirmo.*

O oficial insiste.

*Então como explica o velho não estar no depósito de óbitos?*

Com a mão, dá uma pancada seca na secretária.

Angelino Luz perde a cor, tem uma descarga de arrependimento. O homem de bata branca insinuou reservas, por conduta leviana. Fuga. Roubo. Extravio. As suposições afloram na sua cabeça.

*Não sei, oficial.*

O superior retorce os olhos da pessoa mordida de costume.

*Não galhofe comigo, cabo Luz. Que não me aguento dos nervos. Como explica que na gaveta correspondente ao número de entrada do morto esteja outro na vez dele?*

Angelino abre a boca. No vazio.

*Se não sabe, vá saber. Tem duas horas para resolver o caso.*

Embate com o punho, por segunda vez. A secretária balanceia, nos seus pés dentados pelo bicho. O oficial fura com os olhos, fede da boca ao soprar-lhe na cara. Cigarrilhas de ruim qualidade. Faz sinal de continência e sai com labaredas atrás de si. Angelino fica ali, suspenso em obscuridades. Não sabe por onde fazer princípio.

*Vinte e duas horas e treze minutos.*

Volta ao instituto. É lá que a película cinematográfica se estreia. Usa a viatura desocupada, caduca. Ainda demora a acertar nos pormenores de manuseamento. Tem truques antigos, como todos os homens enfiados numa esquadra.

*Faz a ignição de marcha-atrás ou não tens começo possível. É manhoso. Tantos os anos de serventia a Cupertino.*

Discursa filosofias sobre as coincidências da vida. Tem vezes que só anda para a frente com recuo. Angelino sente-se assim, em recuamento evidente. Tomar em mãos aquele veículo garante o juízo do oficial por perto. Como se os seus ordenamentos tomassem palavra no emudecimento da noite. Notificações. Exigências. Insultos. Aos vitupérios engendrados, dá-se ao condão de contestar. Sem formalismos. Cupertino rebentaria se soubesse.

Até ao instituto é uma linha seguida, sem gente para aliviar a vista. Apenas gatos na euforia do cio. Ou umas mulheres dadas ao emprego do sexo. Que chamam por ele, entre ofensas e tentações. É sabido que as prostitutas da rua movem rancores pela autoridade. Que as afugenta. Destrata. Autua. E usa, quando o tempo sobra. Angelino leva o enigma no próprio umbigo. Assunto primeiro. A ideia do morto sumido desata suores frios. Medo. Que o tal compareça saído dum beco qualquer. Ou sentado a seu lado, deitado na sua cama. Com mandato para sentença final. O edifício austero desponta na rua colateral. Confirma ausências e toca na sineta dentro duma boca de leão esculpida na mesma pedra escura. Parda. Com dentes engolidores, que a morte assim se apresenta. Persiste. A hora é tardia, embala ouvidos dormentes. E o portão abre-se, numa dança lenta entre rumores de velhice e o silêncio duma noite vadia. Estaciona a viatura sem estorvo. Dentro, os corredores cruzam-se como labirintos. As passadas inseguras de Angelino não se ouvem, homem sem peso. Ou alma. Que não sabe andar na casa da morte. Vem um eco de longe.

*Cabo Luz. Informaram-me da sua vinda.*
Um vulto faz-se ver ao fundo de uma das galerias.
De branco.
*Venho por motivos de esclarecimento.*
O homem assente.
*Falei com o seu superior. Fiz a revisão de todos os cadá-*
*veres em reserva. Confirmei o número de entrada com o*
*depósito. Correspondem.*
O cabo parece aliviado.
*Menos esse. Mas acompanhe-me, cabo.*
Angelino ouve o próprio latejo, que a mortandade é
assunto aflitivo. O homem fala.
*Sabe, temos o médico de greve. Os mortos para autópsia*
*amontoam-se. Alguns excedem o tempo limite das qua-*
*renta e oito horas. Estamos lotados.*
Interrompe a pernada larga num resumido instante.
*Não temos em arquivo qualquer nota de extravio. Tam-*
*bém, controverso cuidar que um morto sairia pelo próprio*
*pé.*
O homem fala com naturalidade, sem escárnio. É a
Angelino que apetece rir. Por loucura. Ou ingenui-
dade. Talvez o confronto com a morte demande corte-
sia e impostura. Avançam por uma escadaria estreita,
para a cave.
*É que nem temos rasto do velho a monte.*
O homem esgaravata nas placas o número certo.
*Portanto, é o OZN onze zero nove.*
Abre a gaveta num esticão brusco, sai um vapor
arrefecido. Estendido, diante dos seus olhos incrédulos,

um defunto. Pálido. Lábios violeta. Angelino adia a respiração.

*É este o velho, cabo?*

Por instante, parece. Mas achega-se.

*Não. Este é muito mais novo. O cadáver registado teria por volta de setenta anos.*

O homem confirma.

*Sim, este não terá mais de cinquenta.*

Angelino tem a saliva a enovelar-se na língua. O homem demora-se no avaliamento. Com os dedos de uma mão, abre-lhe a boca. Espreita. Fala.

*Ainda nem me debrucei sobre este. Não vejo sinal de violência nem derrame. Nada. É um corpo limpo, sem qualquer pista.*

Angelino bafeja com o coração mais apressado.

*Não é o cadáver que registamos. Será caso resolvido com a maior brevidade. É provável que volte ao instituto.*

O homem com bata branca consente. Faz intenção de acompanhar o rapaz fardado, mas ele sabe o caminho. Fica o analista embebido em suposições e estimativas, enquanto Angelino se enevoa nos corredores tão resfriados. Quando bate a grande porta em madeira bem talhada, respira o ar mais ligeiro da noite. Senta-se nas escadas borrifadas pelo relento, leva as mãos ao rosto. Metido em ideias e perguntas. O pêndulo na torre avisa. Angelino Luz levanta-se, tem encontro marcado na esquadra. O oficial Cupertino condena qualquer atraso.

Gira na cadeira rotativa com uma chávena de café esvaziada. Olha para o relógio de pulso.

*Cabo Luz.*

Angelino pousa o registo na mesa.

*Oficial, confirma-se que o cadáver é outro. Mais novo. Aparentemente com idade pelos cinquenta. O analista do instituto garante que o senhor dos setenta não se encontra em reserva.*

O oficial mastiga a beata do cigarro acabado há algum tempo.

*Quero avanços, cabo. Isso já eu sei. Porque tomei as medidas antes de pores cá o cu.*

O rapaz curva-se.

*Como vai proceder, cabo?*

Angelino aperta as unhas na própria mão.

*Oficial, sugiro que o corpo seja transferido para outra unidade de medicina legal. Para análise. Talvez se encontrem pistas com equipamentos mais precisos.*

O oficial assente.

*E comunicou o pedido no instituto?*

Angelino mente com pudor.

*Sim, oficial.*

O velho cospe no chão.

*Muito bem. Amanhã quero o resultado da autópsia sobre a minha mesa. Informa o procurador.*

Lambe os lábios secos.

*Isto vai dar em caso de crime.*

A faculdade de ciências médicas tem um instituto de anatomia, com uso de cadáveres para fins de ensino. Talvez tenham vaga. E intenção. Fala com o homem que mete os dedos na boca dos mortos e avisa seguimento.

*Amanhã pela manhã, o morto será transferido para a faculdade de ciências médicas.*

Ajunta documento selado, enviado por máquina de fax.

*Cadáver com idade aparente de cinquenta anos deverá entrar nas vossas instalações esta manhã, com o intuito de ser concretizada autópsia para fins de investigação jurídica. Qualquer entrave, avisar Esquadra Onze. Cabo Angelino Luz.*

Encruza a noite em claro até que a alvura desponte. Fardado. Não fosse o oficial telefonar para eventual esclarecimento. Ou injúria. Luz erguida, já o morto espera trasladação num saco com medidas de homem adulto. Não há diálogo entre o cabo e o homem de bata branca, só uma rubrica de levantamento do cadáver. Na faculdade de medicina, o responsável pelo instituto de anatomia corteja a descarga num encantamento. Tem um sorriso sardónico na boca. Grande. Estático. Com os dentes todos em vista. Angelino sai da viatura de transporte.

*Cabo Luz. Trago o combinado.*

Ecoa como conversa de tráfico. O responsável, de laço subido na garganta e bigode alinhado, destila consolo.

*Faz tempo que espero o momento. Não pode imaginar a vontade.*

O cabo ordena a abertura do cofre com engenho metálico. Até o defunto já se terá acomodado. Todos ajudam, que faltam mãos de outros homens. O corpo é levado para a arrecadação do instituto, onde pendem esqueletos com ar satírico. Líquidos amarelados em frascos cobertos de poeira. Tubos de ensaio com cores destoantes. Alicates. Entre outras ferramentas. Das quais um serrote com sinais de uso recente. O professor fala, ainda.

*Há anos que não recebemos um cadáver para dissecação. Sabe que se torna problemático ensinar sem a observação directa da anatomia. A nossa anatomia.*

Toca no próprio corpo.

*Restam-nos os cadáveres não reclamados. Mas mesmo esses têm sido abreviados. Que a igreja condena por profanidade.*

Deposto o defunto, tem como imediato o desapertar do fecho do saco.

*O que temos?*

O cabo tem dúvidas na resposta.

*Bem, da última vez seria um homem por volta dos cinquenta anos. Antes do outro.*

O professor consulta, naturalmente, o rosto do cabo.

*Do outro?*

Tem um olhar devorador, entre a curiosidade e o apaixonamento louco. Angelino desconversa.

*Assuntos internos.*

O responsável fica absorvido pelas primeiras impressões do morto.

*Sabe que desde a publicação do Decreto-Lei duzentos e setenta e quatro de noventa e nove, é possível doar o corpo aos institutos de anatomia, para efeitos de aprendizagem.*

*É um puro gesto de filantropismo, em favor da evolução do conhecimento. Sabe quantos recebemos até hoje? Nenhum. As pessoas vivem agarradas a tudo. Até à própria carcaça.*

Com os dedos, desata a boca do defunto. Como o outro, da bata branca. Espia dentro e continua a fala.

*Os alunos têm falta de material cadavérico. Como farão as suas descrições anatómicas e funcionais bem fundamentadas se não têm onde se certificar? Seria possível comprar cadáveres. Mas consegue imaginar no que isso poderia dar? Em mortes sucessivas. A fim da recompensa. Comércio clandestino. Seria drástico. Em pouco tempo, abundariam finados para estudo. Estamos assim. Na linha fina entre a morte e a vida.*

Angelino quer interromper, mas sente embaraço em aparar raciocínios.

*Em Inglaterra, no século dezanove, mataram sessenta velhos para venda. Uns traficantes. Para servir um notável professor universitário. O professor Knox. Factos que dariam um conto. Está-me a entender, oficial?*

Angelino estica-se mais uns dedos dentro da sua farda.

*Claro, claro, professor.*

Retira do bolso um documento.

*Importa-se de assinar o nosso registo de entrega?*

A assinatura é ilegível.

*O interesse é ter resultados da autópsia. O mais breve. É um morto sem identificação. Procuramos pistas.*

Numa avidez arrepiante, o professor antecipa.

*Entre amanhã e depois.*
Arrasta o fecho do saco até cima.
*Amanhã ou depois.*

É de madrugada que o cabo recebe outro telefo-
nema. Da Esquadra Onze. O guarda de turno.
*Luz, ligaram para ti. Da universidade. Um tal professor*
*com nome estrangeiro. Que perceberias. Um tal Knox.*
Soletrou.
*Kapa. Ene. Ó. Xis.*
Angelino incomoda-se num arrepiamento.
*Da universidade?,*
Aguenta o ar, como se tivesse um morto por perto.
Cheiro a defunto. O cheiro dele mesmo. Presume
novas contrariedades. Rumina num apelido.
*Cupertino.*
Desemboca na faculdade de ciências médicas, com a
lua clandestina. Pés ligeiros, avança até a arrecadação.
A porta está desabrochada, sem pudor. Repara nos
interiores dos frascos com maior precisão. Um coração.
Meio cérebro. Dois rins. Desvia reparos, que tanto
detalhe só em corpo acalorado e fêmeo. Vai atrás do
ruído dum berbequim vindo da sala de observações.
É o professor, num gesto de minúcia sobre o morto.
Como se calculasse a sua chegada, tira a máscara da cara.
*Oficial, esperava por si.*, a voz é serena.
Angelino descolora-se.
*Cabo, cabo Luz*
O professor segura o bisturi numa das mãos. Ange-

lino toma conta dos recortes no corpo já costurados a linha preta. Grossa. Supõe-se um floreado de rendas.

*Novidades?*

O homem tem linhas de tédio na boca.

*Não. Apenas um adiantamento da análise. Homem. Por andamentos dos trinta. Jovem, ainda. Nenhum viso de agressão.*

O cabo embarga o relatório falado.

*Trinta? Deixe-me ver.*

Extravia o receio e avança, fixo no rosto do deposto. Tem essa certeza.

*Professor, este é o cadáver transferido por minha ordem?*

O olhar é de estranheza.

*Pois bem, oficial. Que outro seria?*

Angelino adia a mão nos cabelos.

*Pensa. Depressa.*

Até os olhos se reviram.

*Oficial, alguma desconformidade?*

Do bisturi caem bagos de sangue. Angelino desconfia, engendra uma rede de traficância ilegal ou um ajuntamento de criminosos desvairados.

*É cabo, professor.*

O professor acerca-se, num surto de perplexidade. Angelino dá um passo atrás. Por providência.

*Professor, quero informar que espero o seu relatório na minha secretária esta manhã que vem. O corpo será transferido de seguida para local de máxima segurança. Espero não ser forçado a autuar a sua pessoa por cumplicidade ou omissão de factos criminais.*

Ao professor, admira a aspereza do cabo. Que vira costas, sem despedida. Faz lembrar-se do Cupertino. *Talvez tenha fundamentos. Os homens pedem trato austero. Que há gente sem escrúpulos por aí. Gente capaz de comer o próprio coração.*

Faz a estrada com entendimentos a remorder a cabeça. Nomeia os aposentos da delegacia para repousar o moderado retalho de noite que ainda fica, escrevinha uma nota no bloco e pendura na porta do gabinete de Cupertino.

*O corpo será levado para lugar seguro. Informei a equipa de investigação dos avanços do caso. Há material duvidoso, para pesquisa. Em anexo, o relatório pormenorizado dos movimentos dos mortos implicados. Aguardo indicações superiores. Cabo Luz. Treze do mês nove do ano corrente. Quatro horas e sete minutos.*

Medita. Embainhado em profecias e dubiedades. A lógica das circunstâncias nem sempre se desmascara com coerência nos argumentos.

*Que há mistérios que só deus revela. Esse sim, tem informação inteira.*

Os ponteiros do relógio adiantam o tempo. Num desespero que só o amor faz parar. A máquina do fax avisa nota de recebimento. Angelino afina, num impulso desarvorado. Por faro, sabe.

*Deve ser o relatório da universidade.*

Gira olhos rápidos pelo documento.

*Morte cerebral sem causa definida. Sem outras impressões digitais ou qualquer outro indicador de existência diferenciado.*

Faz uma cópia para si, como salvaguarda.

*Aquele professor não é de confiança.*

Pousa o original na secretária do oficial. Chama a viatura de transporte. O motorista pergunta.

*É com o mesmo defunto, cabo?*

Angelino confirma na simpleza dum gesto. Sem confiar prosa.

*Assuntos internos.*, sublinha.

Empacotam o morto, já na sala de espera da faculdade. Angelino aprova.

*É o mesmo rosto desta madrugada.*

Diferente do de ontem. Tem o coração a pulso forte. Aquele cadáver prenuncia existência.

*Talvez não queira morrer.*, escorre.

O endereço é lugar de segurança. A morgue de um asilo. Distanciado da cidade. Pouco salivado pelas línguas. Ao abrigo de uma ordem de religiosas. De princípios rígidos. Onde os intitulados loucos se recuperam. Ou não. Ficam ali. Como se num outro mundo. Reserva desinfectada para pessoas com visão ímpar. Talvez mais sadia, até.

*Madre, cabo Luz.*

A religiosa assente. Só os lábios se fazem ver, coberto o rosto por um capuz pardo.

*Por favor, tragam o indigente.*

Em silêncio, o procedimento decorre. O asilo é amplo. Desocupado. Só uns vultos passeiam no alpendre. Retratos de bispos pendurados nas paredes. Tapeçaria carmesim, em tecido aveludado. Cortinados carregados. Portas. E mais portas. Fechadas. Na cave, há a morgue. Para os alienados com fim previsto. Enquanto a linhagem familiar não reclama herança. Nas quarenta e oito horas prenunciadas por lei.

*É o único, por enquanto. Que a mão de deus defende os desventurados.*

Faz o sinal da santa cruz.

*Ámen.*

Em sintonia com o motorista, que é homem de fé.

*Previno cuidados, madre. É um cadáver implicado num processo-crime.*

A religiosa assente, com um meneio de cabeça. Brandura nos lábios. Angelino abre o fecho do saco para autenticar o corpo. Mais uma vez.

*É ele.*, confirma.

Quando entrevê a presença espontânea duma mulher. Sem hábito. Encadeia o fecho. A mulher espreita numa aragem devoradora. Olha como se respirasse amores.

*Mais ninguém vem a este lugar, madre?*

A religiosa adverte.

*Alguns enfermos. Mas, como deve compreender, não há qualquer risco.*

Angelino duvida.

*Tem a certeza?*

Os lábios da religiosa desanuviam.

*Nem concebem a morte. Para eles, os defuntos dormem. Não vão interromper o sono de um homem.*

Alveja a mulher com obsessão. Antecipa cumplicidades com a rede de tráfico. Aliada criminal. Ou simples informadora. A mulher tem nos olhos um brilho ofuscante. Do sorriso, vem uma serenidade exagerada de pessoa alienada.

*Só um louco estaria feliz aqui, neste sítio.*, pensa.

A religiosa contenta o interesse evidente do cabo.

*É Fecundina. Seca de útero, endoideceu. Diz-se iluminada. Escolhida por deus para dar vida aos homens. Mas não consegue ter crias. Terá ensandecido por cisma.*

Angelino ouve.

*Só fala pela noite. De dia, é muda. E ausente.*

A madre tem nos olhos abrilhantados a cor púrpura.

*Bonita, cabo?*

Ele conserta o alinhamento da farda.

*Cabo em serviço, madre. Desapegado das aparências na matéria.*

Curva-se numa vénia formal, o motorista segue-o consumido por raridade.

*Que não é vulgar vir a lugares destes, cabo.*

No carreiro de retorno, comenta a loucura. E a leviandade. O morador do andar de cima com delírios de guerra, tia internada no sanatório público da cidade. Por juízo imperfeito e crises de epilepsia.

*Tem o demónio no corpo, o raio da velha.*

Mas Angelino vai descuidado, embrenhado em suposições. E desejos. Que a figura de Fecundina vem metida nas suas ideias. Instintivamente, tenta calcular o lineamento do corpo feminino encoberto, naquela túnica branca. Como se uma virgem contornada por uma mortalha clara. Pura. Imagem de igreja. Ou altar.

*É uma pena aquela louca. Bem bonita, cabo. Bem bonita.*

Angelino acena levianamente a cabeça, enfiado na lembrança. Uma boca ardente, que chama. O rosto de santa. Interrompe o andamento, o motorista continua. Entrosa factos acontecidos, lavra relatório burocrático na cabeça. Pensa no defunto. No professor. No homem de bata branca. Pensa no outro defunto. Na madre. Na mulher. O motorista segue caminho, por ordem sua. Ele volta atrás, aos terrenos do convento. Aqui se atarda até o corpo vir atrofiado. Como se um apelo vindo do mais íntimo de si, tem o impulsionamento de voltar à cave. Leva argumento. Obrigação de espiar o morto. Ou a mulher. Que não sabe o que mais o inquieta. É a madre que faz rodar a grande maçaneta de ferro.

*Madre, venho em serviço de vigilância.*

A madre assente, lábios mudos. Com um lampadário, desce à cave. Sem pavor. De dentro, vem a bravura. Não se sabe de onde. Diz-se do amor que fortalece. As gavetas de depósito entreabertas. Vazias. Menos aquela. Abre o fecho, devagar. Tem o coração a pulsar forte. Ainda. Abre até ao último grampo. E sujeita-se a comprovar a autenticidade do defunto. De perto. Esfrega os olhos. E deixa que as pupilas se dilatem na luz apoucada. Confirma os cortes cosidos a linha grossa, pelo professor. Também os cabelos devolvidos em espiral. Num corpo de criança. Talvez vinte anos a menos. Talvez uns dez de idade. Fica em pânico. Suspenso num temor parado. Considera gritar. Alto. Chamar reforços. A madre. Mas respira. Acertado. Em sequência de mãe parideira. Enclaustra a gaveta. Encosta-se à parede. Apaga a lanterna. Alguém está no asilo. Escuta os passos falsos. Simulados. Um traficante de órgãos. Ou um profanador qualquer de finados. O coração bate apressado. Como galgo em corrida. É quando ouve um canto. Cadenciado. De mulher. Fecundina aparece. Com os mesmos olhos devoradores. A mesma boca convidativa. Angelino está aturdido. Mas não se revolve no próprio corpo. Espera. Deixa-se estar, meramente. Medita defesa. Ou engrenagem sedutora. Tem ideias controversas. Ela estaca diante dele. Entra nos seus olhos. Numa flamância candente. Ela diz baixo.

*Sou iluminada por deus para dar vida aos homens.*

Desliza os dedos frios pelo rosto de Angelino. Ele suspende o ar. Sente-se morto. Ela acerca-se. Num gesto simples, beija-lhe os lábios de leve. Tem os lábios arrefecidos. Toda ela. Amornar aquela mulher vira propósito. Ela despega-se. Rodopia. Foge-lhe das mãos. Ele segue-a.

*É louca.*, engana-se. *Não sabe o que diz.*

O tecido branco escapa pelas suas mãos de homem vacilante.

*Estás destinado a mim. Tu e o nosso filho. Que espera a vida.*

Com as mesmas mãos que a tentam segurar, tapa o próprio rosto. Não quer ver. Para ser cego. A gaveta ocupada abre-se. Fecundina é avisada.

*Material interdito, em investigação.*

Fecundina pega no cadáver ao colo, canta devagar.

*Como pensas chamar-lhe?*

Acaricia-lhe o rosto, ele estagnado no delírio.

*Volte a pousar a criatura ou sou obrigado a chamar a madre para levá-la.*

O seu perfume a alperce entranha-se no lugar. Doce. Ela desagua nos seus olhos.

*Leve-nos daqui. Aos dois.*

Ele transpira incómodo.

*Pouse o cadáver.*

Ela anuncia.

*É o nosso filho.*

Ele usa a força.

*Pouse o maldito morto.*

Ela insiste.

*Espera a vida.*

Desorientado, atira o corpo para a gaveta usurpada. Agarra a mulher pelos braços. Vem ao nariz o seu cheiro a alperce. Recusa enamoramento. Interferência. Que homem é animal fraco. Leva-a impetuosamente ao andar de cima. Em voz desabrida, ordena.

*Vá dormir.*

Ela prediz.

*Deus vai falar.*

Volta os olhos aos céus.

*Deus vai falar. O nosso filho espera a vida.*

Nisto, rebenta um clarão pela lumieira do convento. Uma luz violenta. Enquanto tenta aperceber-se da origem, Angelino perde-a de vista. Procura-a. Ela tem nos lábios um contento inspirador, dirige-se a uma das janelas. Pousa as mãos fêmeas nos compridos vidros que dão para os jardins do convento. Encobertos. Pardacentos. E deixa-se ficar. Recomeça a cantar, baixo. Angelino observa-a. Com a claridade da trovoada, pode ver o seu corpo. Nu. Por baixo daquele tecido branco. Fino. Com cheiro a alperce. Perturbado, cobre a vista com as mãos. Volta a descer as escadas. Quando espreita pela gaveta entreaberta, desiste do raciocínio lógico. Encontra um corpo de recém-nascido. Sem vida. Já costurado. Com linha preta. Grossa. Num floreado de rendas. Tem vontade de o embalar no próprio regaço. Segura com delicadeza. Ainda que morto não reza lamento. Apercebe-se de movimento no andar de cima. Vozes. Passos carregados. Luminosidades invasivas de lanternas. Identifica a voz do oficial Cupertino. O coração pulsa mais forte. Fecundina aparece por trás, estende os seus dedos.

*Vamos. Sei dos segredos desta casa.*

Angelino tem a criança nos braços. Duvida. Pelo soalho, escuta os pés duros do oficial. E mais uns quantos homens. Quando abrem a porta que dá para a morgue, Angelino decide. Corre atrás de Fecundina. Ela aponta uma porta, estreita. Tem uma fechadura reforçada, trancada. Angelino passa a criança para os braços dela. Ouve os andamentos mais perto.

*Cabo Luz? Apresente-se. Está preso diante da lei. Por profanação dos mortos. Tem o direito a permanecer calado, sem que antes lhe seja disposto um defensor judicial.,* o oficial Cupertino procura-o com faro de cão.

Olhos mordidos. As lanternas apontam para todos as esquinas da cave. Angelino, em conseguimento de alento, desatravanca o passadouro para os jardins cicatrizados por árvores e trepadeiras atemporais. Velhas. Sabidas, também. Como escrituras do senhor lavradas na mata, onde mistérios e coincidências brotam da mesma saliva. No corpo de mulher sem ventre, outro coração fraco lateja. Subtil. Como alma com dúvidas. A mulher aperta a criança morta no peito, a voz de Cupertino solta-se mais nítida. Enuncia direitos e deveres dos homens sentenciados pela autoridade. Fala de crimes e penas. Coimas e legislações. Num sarcasmo ampliado de superior. Angelino apressa a correria de Fecundina, que cai nos joelhos. Ele tem medo nos olhos. Não sabe. É naquele momento que se acerta o fim com o início, corpo já definhado que torna a florir. Angelino toma conta do pranto vindo de boca apressada. O original grito de vida. Com fome de mundo e gente. Fecundina agradece, levanta a criança nos braços para que seja abençoada. A vozearia dos homens abranda, desviada pelo vento. Ou pela velha madre. Uma chuva miúda cai. Angelino enterra as mãos na terra, diante da grandeza do mundo. Fecundina canta, a criança lagrimeja. Tem a cor alva dum corpo iluminado.

# O ÚLTIMO BEIJO

O descalabro dum castelo sumido fala de lendas e vontades. Levanta-se do chão e o arvoredo em medrio traz a esperança por tanta terra. Sem bicho nem gente, só a mão de deus ali pousa. É mais adiante que amadurecem os homens com vagar. Ao ameno sopro ameno do céu, arma-se no peito um coração perfeito tão parecido ao do criador.

*Depois daquelas ruínas, novo mundo começa. Com leis distintas, outros sentidos.*

É Celestino quem diz, com engano e pormenor. No banco da estação, adia a velhice nas memórias inventadas. Fala com amor nunca desfeito, demorado. Os outros condizem, por cobardia no corpo. E na língua. Tão enrolada como na boca dum defunto. Em tantas estórias, já o princípio se desconcerta com o fim. Ao novo dia, outro desenlace se estruma. Celestino sabe. É a mando dos dentes todos que outro remate se alinhava. E ele obedece, bordadeira de crónicas e fantasias. Os ouvidos dos outros calam-se em protesto. Quando o sol começa a cair, também a vontade se curva no eirado. Só uma aragem embaçada corre e o crepúsculo se retarda nas palavras do homem.

*Essas terras cobrem lugar santo. Falam as escrituras antigas dum rei salvador.*

Na boca dos outros morde-se o silêncio.

*Bem sei das estranhezas do mundo, da altura do grande senhor.*

Na cara amarfanhada pelo tempo, o ainda encanto. Os lábios escorridos afinam-se num sorriso recatado.

*E dela, Julieta.*

Os outros rumorejam. É velho louco.

*Com aprumo e simpleza, rapariga de dedos prendados na arte da costura. É aprendiza na oficina da velha Efigénia. Agulha e linha, criança madurada pelo relento da noite. A pele orvalhada, os olhos cintilantes. Como asteriscos celestiais.*

A língua pede remanso. E Celestino cede. Num instante resumido, que há muito por contar.

*Lembram a Julieta?*

Os velhos dependuram-se no fingimento.

*Talvez, Celestino. Talvez.*

E sacodem a poeira do entorpecimento, descruzam as pernas e tornam a cruzar.

*Julieta de cabelos tombados, como nevoeiro numa manhã arejada. O meu coração pulsa, sem ordem. Desordenado.*

Celestino aperta mão, como se quisesse prender na palma o pretérito do verbo amor. O relógio da torre anuncia a hora da missa. Um velho levanta-se, no vagar dum homem sem rumo. Reza por aqueles que foram e não vieram. Pelos que ainda ficam. E suplica por um funeral divino.

*Adeus. Até amanhã, por outro tempo. Se a morte assim
quiser.*

Respondem em coro.

*Ámen.*

Celestino tem nos lábios o saibo da lembrança,
ainda. Fala, enquanto a sombra do outro velho se des-
basta no chão.

*Com a chuvada prometida, os brotos despontam da terra
que amanso com as próprias mãos. Afloram, em rebentos
frescos amaciados pela neblina. Como os seios espontados
de Julieta, num prenúncio de mulher antecipada.*

O bafo dos velhos é azedo. No peito, o coração estala.
Ainda vivo. Acotovelam-se, num riso. Celestino tem o
siso comido pela idade. Conspiram, por piedade. Ou
inveja, que é pecado vulgar. E ali ficam no compromisso de gente sem outro lugar.

*Naquele fim de tarde, pés caídos pela ponte num
punhado de arcos perfeitos, entre Vila Ruiva e Albergaria
dos Fusos, desvendo a Julieta o meu amor. Os moinhos do
Taquenho assopram o vento que embala o monte do
outeiro, como se a voz dos antigos. Avisam melancolia.
Que a vida me levará o amor. E levou.*

E outro velho se empoleira no derradeiro vigor das
pernas, tão gastas pela esperança.

*Vou indo, gentio.*

O cão adormentado empina-se, o faro diz quem
deve seguir. O dono tem pressas, estorvam os pés des-
louvados. Ao dianteiro desbotado da noite, demora a
chaleira amolgada no borralho fraco. Uma tisana, para

endireitar o sono tão peneirado. Assim compunha a mulher. Defunta. E, por saudade, cumpre. Ainda. Que mais nada o prende aqui. Só um cão aparentado. Quase morto, também.

*Deus te acompanhe.*

O homem benze-se, o cão lambe a mão caída. Fica outro, chegado a Celestino. O último. Que este não tem quem o espere. Ou siga. Como se procurasse uma sombra nas palavras do contador de estórias.

*Continua, camarada. Que ainda te escuto.*

O silvo do comboio uiva, num lamento de mulher sumida. Celestino ergue-se num rasgo de vitalidade. Nos olhos, o ardor do operário devotado num ofício de gosto e orgulho. Faz uma vénia por respeito ao maquinista, vê as pessoas domarem os degraus em ferro carcomido da carruagem. Entram. Ninguém sai, dali. Malas carregadas, levam a vida atrás. E a boca calada, que despedidas escusam falares.

*Menos um punhado de gente cá na terra. Qualquer dia somos só nós, Celestino. Somos só nós, camarada.*

O velho solta uma risada abafada pelo fardo da tristura. Ida a mocidade, não há quem lhe valha na hora da morte. Uns dedos estendidos, um beijo sentido. Talvez a terra o devore mais depressa por falta de amor no coração. Apavora-se, na solidão. O comboio assobia. É já hora de partir. Celestino ainda esticado a menear as mãos em consentimento.

*Ainda não veio Julieta. Ainda não veio. Lembras Julieta?*

O outro acomoda o corpo, enternecido.

*Não sabe o que diz, coitado. Não sabe o que diz.*

Julieta terá ido para a grande cidade ainda sem ventre parido, por horas da miséria. Nunca mais se soube dela nem parecidos. Talvez tenha inaugurado a sua oficina de costura, com o engenho dos seus dedos minuciosos. Noivado um rapaz com estudos ou carta militar. Ou feito votos numa ordem religiosa sem carnalidade nem vanglória. Mas Celestino ainda espera, na sua fé de velho desatinado. Que o defeito o terá tomado. Assim o julgam, sem cuidar da ardência que ainda o sustenta. Um homem só enlouquece quando deixa de ouvir a própria voz. E Celestino sabe o que diz. E sabe o que espera.

*Na vez de me abandonar aos espetos da velhice, fico na minha mocidade. De coração agitado, a bombear o meu sangue ainda quente. Um amor amansa a morte. Faz com que venha mais devagar e sem tanta tirania.*

Continua.

*Quando ela vem naquele vestido leve, o tecido fino faz aparecer o ordenamento do seu corpo feminino. Marcado. E a fragrância doce a buganvílias, trepadas pelo varandim. É assim, a minha Julieta.*

A lua fica grande, levantada nas saias da noite pardacenta. Como o mundo aos olhos dum cego. O outro velho curva-se, estende a mão no adeus. Confortado, que até a criatura solitária sente aconchego na hora de voltar a casa. Fica Celestino, a revolver na língua o sabor das tantas memórias. Parece alegrado. É um homem completo na sua simpleza, emoldurado num cenário metálico com perfume da saudade. A estação dos caminhos-de-ferro é a sua morada. E o trampolim da esperança. Quando veio a modernidade, muitos homens se deslumbraram com as publicidades dos novos grémios urbanos. Levaram mulheres e crianças, bichos e sonhos. Para trás, as árvores com raiz profunda e um rio com líquidos e segredos. Também Julieta se ausentou, sem despedida nem endereço. Que quem vai, nunca se despede. Promete voltar, na mentira da língua.

*Os que ficaram ainda estão. Daqui, é a urna polida que os carrega.*

Do silvo da locomotiva, ainda um eco quase desfeito na neblina. Celestino faz contas ao tempo, é preciso na hora de chegada ao outro apeadeiro. Encosta-se ao banco em madeira comida, descansa o sentimento devorador. A tinta violeta estala, cai em bocados. Ri-se. Assim é com a própria vida.

Quando Celestino se anuncia na estação, já os outros camaradas perguntam por ele. O cão late, cauda erguida.

*Vens tarde, rapaz. Já o comboio da manhã desandou.*
Outro diz.

*Ninguém veio, por mensagem do criador. Só Maria Bendita se ausenta por visita temporária, na capital. A filha terá parido e pede amparo.*

Celestino vem com um ar fresco, leveza no andamento. Os outros reparam na barbela bem aparada, a boca prazenteira. Terá sonhado com santas e galdérias. Abrem lugar entre as ancas magras, ele acomoda-se. Calado. Os outros ficam pendurados na demora.

*Adivinha-se calor por estas bandas.*, diz o velho das missas e finados.

*Contam dum inferno, sem labaredas.*, diz o velho do cão.

Celestino fala na mesma língua.

*O único inferno é não ter por quem esperar.*

Os velhos rumorejam, aliviados.

*Aqui, esperamos o nosso próprio enterro. É uma morte anunciada, camarada.*

Ouvem-se suspiros, por desespero.

*Eu espero Julieta.*

E confere os ponteiros no relógio de bolso, sem acerto. Parados na aurora da manhã. Os outros riem, o cão ladra no alvoroço das vozes. Conversam do gentio da terra. O escritor da casa mosqueada num amarelo-torrado e as janelas em guilhotina. O sacerdote controverso da ermida, com lenda de aparição. Ou os peregrinos que tomam alento na fonte dos leões. Das mulheres bem-parecidas que se envelhentam, também.

*Viram Maria Bendita? Está derrubada. Sumida. Como nós.*, diz o velho das missas e finados.

*Quase a fiz minha esposa, valha-me nosso senhor.*, diz o homem do cão.

Os outros urdem o mesmo fio com língua azeda.

*Feia. Desengraçada. Como se castigo por pecado maior.*

Celestino remenda.

*O fruto se acereja com o tempero da vida. A polpa traz um saibo mais doce. E aquela fragrância que inebria as narinas do homem criador. Assim a minha Julieta. Mais madura, mais bonita. Quando a espreito, são os olhos dela que me falam. Por eles, vejo os seios tesos que me inspiram. A boca húmida que se insinua. Das mãos amarfanhadas pela velhice, vem a elegância duma mulher. A essência por si só, sem protesto nem mentira. Numa promessa tranquila de amor sazonado.*

Os velhos engolem a saliva entalada na garganta. E o veneno macio do desdém. Celestino tem compromisso. Adeus.

*Tenho coisas a fazer.*

Os velhos acenam. Ficam numa tecedura de pano sem emenda, incomodados pelo sensismo daquele homem. Num encontro dos sentidos mais íntimos de cada um. Temem que deus seja mais complacente com uns, diante de outros. E maldizem, por ensombro.

*De nada vale essa profundez nas entranhas, se deus não perdoa nem aos inocentes.*

O cão uiva. E a morte vigia.

Celestino sabe aonde vai. Na mão, leva o caderno de orações de toda uma vida. Num silêncio comprometido, reza diante da santa. Naquelas alminhas da terra fez a única promessa com afinco e inteireza. Agora, avisa que será cumprida. Pousa o livrete sagrado entre as flores embaciadas, com aroma a coisa morta. E um punhado de moedas, as últimas. Talvez a outro forasteiro acuda, em hora incerta. Que deus é serviço público, sem senha nem vez. Benzido pela própria mão, entra na capela adiante. Em criança, terá orado por um futuro ardente. De velho, agradece um desfecho mais simples.

*Não poderia ser doutra maneira, que sou gente humilde.*

Ainda pede amenidade para os que ficam, absolvimento para aqueles que vão. Crianças correm por entre os altares e pias de baptismo. Soltam risadas, numa boca inocente. Celestino enternece.

*Parecem anjos.*

E desaparecem por trás da cortina aveludada da sancristia, num carmesim rude. Apura o tempo no relógio de bolso.

*Ainda falta.*

Pelo gradeamento, vê a sepultura daqueles que o fizeram pessoa.

*A árvore mais insinuante cede quando as suas raízes mirram. Depois, é uma morte lenta de um filho desamparado.*

O cemitério é aquele lugar onde as origens se voltam a entrosar num novo princípio. Celestino não entra.

*Seria inoportuno, sem ser convidado. Eles sabem anunciar. E a cada um de nós cabe saber esperar.*

Solta a vista pelas terras em planeza, num chão que não acaba. Os pés desbravam os caminhos com boninas e papoilas, como quem assenta já no adro do paraíso. A borboleta ordinária pousa e levanta, em corrupios de vento. Ele avança. Quase dança, na harmonia dos pés e dos bichos. Os pássaros cantam e as sombras das árvores chamam. A ardência da hora assim dita. A brisa traz do trigal um silvo amansado, Celestino pousa as pálpebras numa simbiose privada com o mundo. É parte daquela engrenagem tão perfeita que deus criou. As memórias caem numa chuvarada agradecida, por lugares de aridez e desesperança. Das ruínas do castelo sumido, vem a bravura dos antigos cavaleiros. E o melindre dum poeta. O horizonte arreda o que já foi do que podia ter sido. O presente é um instante, sem antes nem depois. Aqui, o tempo é outro. Vai adiante conforme o andamento da alma. O céu está alinhado, num crivo cintilante de estrelas sem nome nem rumo. A noite vai adiantada, avisa um coração mais derreado. Só o luzeiro se debate com a lucidez da Lua. Confirma os ponteiros do relógio de bolso e sopra num bafo leve.

*É a hora.*

Levantado no alento que ainda tem, os pés trilham os caminhos tão desbravados em aurora de rapaz. O relento da madrugada encrespa a pele, serve de agasalho o conforto no mais íntimo. A estação despejada, sem gente. O banco dos velhos, com as ripas curvadas pelo fardo das últimas memórias e vontades. A carrilheira de ferro trepida, como se falasse por vez dos homens que a encarreiraram. O comboio sibila, um poema recitado por boca saciada. Celestino olha desprendido a linha infinita dos trilhos, como quem toma conta de qualquer coisa que vem. Ou vai. O engenho da máquina sombreia o arvoredo iluminado pelo luar.

As rodas correm num frenesim de saudade. Os olhos de Celestino parecem mais serenos. Tem os dedos soltos sobre as pernas quietas, tão rapaz ainda. O atrupido da maquinaria vem mais perto. O assobio avisa uma última vez. Celestino espreita o relógio de bolso.

*Na hora esperada.*

A locomotiva trava num ganido surdo. Os pés de Celestino parecem ainda mais quietos. Ele sabe. O freio solta um rugido agudo, a porta da carruagem é aberta por pessoa delicada. Pelos degraus, os sapatos de verniz num tacão modesto. As pernas bem polidas, o passo educado. O cabelo desengraçado num rosto de mulher sazonada, os dedos presos a uma mala tão curta. De quem volta, sem arrependimento. Celestino, ordeiro. Como se a esperasse, sem pressa. Levanta-se com tempo, num adeus secreto à terra que o terá parido. E há-de comer, por pena. Julieta tem um andamento desenleado, parece rapariga ainda. Vai ao encontro dos braços no homem apetecido. As mãos entrosam-se numa única atadura. Assim o coração único, em batimento acertado.

*Julieta, vieste.*

Ela faz despontar um sorriso.

*Tenho afazeres nesta terra.*

Ele abrilhanta-se no ardor dum rapaz novo.

*Desvendar o segredo das ruínas?*

Ela toma as suas mãos tão frias.

*Deslindar o nosso primeiro beijo, adiado por circunstâncias sem grandeza.*

Celestino sabe dos pés levantados, do coração interrompido. É homem abençoado, agora. Tem a boca pronta, a morte é mulher compadecida.

*O teu beijo, Julieta.*

Sente o perfume a flores de laranjeira, os cabelos finos e acetinados. O corpo estreito, contornado a dedos veludo. E os lábios arrefecidos num beijo fresco. O primeiro beijo, tanto tempo esperado. Num bálsamo divino, sem remorso ou desengano.

No banco violeta da estação, é o homem do cão quem diz.

*Terá sido o último. O último beijo de Celestino, também. Que Deus o tenha.*

Os outros bafejam, por saudade. Que outra boca não contará tão doces estórias nem mentiras. Nenhum outro louco conquistará tão bem a morte, por casualidade.